맥脈

맥脈

발행일	2025년 9월 15일
지은이	강병수, 곽홍근, 김은영, 김창주, 심한얼, 안정위, 정수봉, 조은별희, 한규호
펴낸이	손형국
펴낸곳	(주)북랩

출판등록 2004. 12. 1(제2012-000051호)
주소 서울특별시 금천구 가산디지털 1로 168, 우림라이온스밸리 B동 B111호, B113~115호
홈페이지 www.book.co.kr
전화번호 (02)2026-5777 팩스 (02)3159-9637

ISBN 979-11-7224-831-4 03810 (종이책) 979-11-7224-832-1 05810 (전자책)

잘못된 책은 구입한 곳에서 교환해드립니다.
이 책은 저작권법에 따라 보호받는 저작물이므로 무단 전재와 복제를 금합니다.
이 책은 (주)북랩이 보유한 리코 장비로 인쇄되었습니다.

작가 연락처 문의 ▶ ask.book.co.kr
전용 게시판에 문의를 남기시면 저자에게 직접 전달됩니다.

(주)북랩 성공출판의 파트너

북랩 홈페이지와 SNS에서 다양한 출판 솔루션을 만나 보세요!

홈페이지 book.co.kr **블로그** blog.naver.com/essaybook **출판문의** text@book.co.kr
카톡채널 북랩

역사를 관통한 27맥(脈)의 기록

맥 脈

강병수
곽홍근
김은영
김창주
심한얼
안정위
정수봉
조은별희
한규호
지 음

이순신의 결의, 안중근의 의지,
세종의 당뇨, 나폴레옹의 피로까지
한 사람의 맥은 곧 그 사람의 인생
인류의 맥은 곧 역사의 흐름이다!

북랩

머리말

맥脈은 단순한 혈류의 진동이 아니라, 인체의 허실·한열·장부의 건강 상태(특히 심장), 말초 순환, 정서적·신체적 긴장까지 담아내는 인체의 언어입니다. 과거를 유추하고 미래를 예측하며, 현재의 컨디션을 읽어 내는 살아 있는 데이터이기도 합니다. 임상가로서 저는 언제나 이 '맥'이 전하는 신호를 정확히 해석하는 데 집중해 왔습니다.

김창주 대표님과 바디젠메디컬은 전통 한의학의 진맥 원리를 바탕으로, 40만 건이 넘는 임상 데이터를 PPG 센서로 구현한 '링맥RingMac'을 개발했습니다. 한의사만이 손끝으로 느끼던 27맥을 디지털화하여, 환자가 자각하기 전에 먼저 질병 신호를 감지하고 조기 치료와 예방을 가능하게 한 것입니다.

'링맥'은 누구나 손쉽게 사용할 수 있는 건강 관리 도구이자 위험 신호를 알려 주는 든든한 파수꾼이 될 것입니다. 한의사에게는 객관성과 신뢰성을 갖춘 새로운 임상 표준이 될 것입니다. 이번 책에서 김창주 대표님이 고전과 사료 속 인물들의 삶을 '맥'이라는 창으로 복원하는 여정에 함께할 수 있어 큰 영광이었습니다.

독자 여러분께서 맥진을 친근하게 느끼고, '링맥'의 가치를 직접 경험하시게 되길 기대합니다.

한의사 강병수 드림

한의사의 손끝으로만 느끼던 '맥'을, 이제는 링맥이라는 혁신적 기술을 통해 눈으로 보고, 해석할 수 있는 시대가 열렸습니다. 저는 바디젠메디컬에 참여하고 실제 임상에 링맥을 도입하면서, 전통 한의학의 27맥을 현대적으로 재현해 냈다는 자부심과 감동을 느낍니다.

이 책은 그러한 기쁨을 듬뿍 담아, 맥을 일상 속 사례로 되살려 냈습니다. 세종대왕에 흐르는 결의의 맥, 이순신의 체념과 의지, 그리고 현대인의 피로와 회복까지 모두가 살아 있는 이야기가 됩니다. 링맥이 시각으로 전하는 맥의 파동은, 이제 일상의 언어가 되었습니다.

독자 여러분께서는 이 책을 통해 '맥 진단'이 더 이상 어려운 이야기가 아님을, 한의학과 기술이 만나 새롭게 태어날 수 있음을 느껴주시길 바랍니다. 그리고 링맥을 통해 당신의 맥이 전해줄 새로운 이야기를 들려주시길 소망합니다.

한의사 *곽홍근* 드림

한 사람의 손목 위에는, 그의 삶이 흐릅니다.

그 속도와 깊이, 힘과 여유가 모두 맥에 담겨 있습니다.

이 책을 쓰며 저는 수백 년 전 왕의 손목을 짚는 어의의 마음을 상상했습니다.

그날의 기온, 전쟁 소식, 정치의 소용돌이, 사랑과 이별의 여운까지……. 맥은 말없이 모든 것을 전하고 있었습니다.

그리고 오늘, 우리는 첨단 기기로도 여전히 그 '맥의 목소리'를 듣고 있습니다.

이 책은 의학서이자 역사서이자 사람 이야기입니다.

27가지 맥은 한의학적 용어이면서도, 인간이 살아온 방식의 은유입니다.

장맥은 강처럼 유유히 흐른 삶을, 삽맥은 걸음을 멈추게 한 고통을, 활맥은 다시 뛰게 한 기쁨을 품고 있습니다.

나는 독자들이 이 책을 덮을 때, 자신의 맥을 조용히 짚어 보길 바랍니다.

그 순간, 당신의 맥 또한 역사의 한 줄기가 되어 흐르고 있음을 느낄 것입니다.

한의사 *김은영* 드림

맥, 그 흐름을 따라 역사의 맥을 짚다.

한의학의 진맥診脈은 수천 년 동안 인간의 생명과 건강을 읽어 내는 도구였습니다. 손끝으로 느껴지는 맥의 파동 속에 담긴 신체의 균형, 감정의 변화, 생명의 흐름은 단순한 생리적 움직임을 넘어, 인생 그 자체를 반영해 왔습니다.

하지만 오랫동안 진맥은 '감'에 의존해 왔고, 이는 같은 환자를 두고도 서로 다른 판단을 내릴 수밖에 없는 한계를 낳았습니다. 환자 앞에 선 저도 늘 그 모호함과 싸워야 했습니다. '왜 이 환자의 맥이 이렇게 느껴질까?', '어떻게 설명할 수 있을까?' 그런 질문은 저의 임상 20년 내내 마음속에 맴돌았습니다.

그 질문의 끝에서, 저는 '맥'을 기록하고 분석할 수 있는 기술을 만들기로 결심했습니다. 그렇게 탄생한 것이 '27맥파 측정 기술'입니다. 단순히 한 순간의 맥을 짚는 것이 아니라, 하루 24시간의 맥의 흐름을 자동으로 수집하고, 분석하며, 그 안에서 건강의 패턴을 읽어 내는 방법입니다.

이 책은 그 27맥 기술로 바라본 '역사 속 인물들의 건강과 운명'에 관한 기록입니다.

한의사의 눈으로, 그리고 맥을 짚는 손끝의 감각으로, 우리는 세종대왕의 당뇨를, 나폴레옹의 위장병을, 영조의 장수 비결을 다시 해석해 볼 수 있습니다. 진맥이 단지 의학의 한 분야가 아니라, 한 인간의 삶의 리듬을 추적하고, 나아가 한 시대의 궤적을 짚는 도구가 될 수 있음을 이 책을 통해 증명하고 싶었습니다.

이제, 우리는 묻습니다.

"만약 세종의 맥을 24시간 데이터로 추적했다면, 그는 더 오래 글을 쓰고 백성을 돌볼 수 있었을까?"

"만약 링을 통해 나폴레옹의 삽맥을 조기에 감지했다면, 워털루의 패배는 막을 수 있었을까?"

이 책은 과거의 기록을 통해 미래의 건강을 예측하고자 하는 시도이며, 진맥의 전통에 디지털을 접목시킨 '링맥'의 여정이기도 합니다.

한 사람의 맥은 곧, 그 사람의 인생입니다. 그리고 인류의 맥은 곧, 역사의 흐름입니다.

이 책을 통해 독자 여러분과 함께, 그 맥의 흐름을 따라가보려 합니다.

한의사 김창주 드림

한의학에서 '맥'은 단순한 맥박 이상의 의미를 지닙니다.

손끝에 전해지는 작은 파동 속에는 한 사람의 몸 상태뿐 아니라, 그가 살아온 삶의 방식과 내면의 이야기가 고스란히 담겨 있습니다.

저는 오랫동안 환자의 손목 위에서 그 미묘한 흐름을 읽어 왔습니다. 그러다 문득 이런 상상을 하게 되었습니다.

"만약 역사 속 인물들의 맥을 직접 짚어 볼 수 있었다면, 우리는 그들의 삶과 선택을 어떻게 더 깊이 이해할 수 있었을까?"

이 책은 그 상상에서 출발했습니다.

세종대왕, 이순신 장군, 안중근 의사, 그리고 수많은 왕과 황제들. 그들의 결정적인 순간을 역사 기록과 한의학의 맥 이론 위에 올려놓고, 한의사의 시선과 상상력으로 재구성했습니다.

독자 여러분이 맥을 어렵게 느끼지 않도록 전문 용어는 풀어 쓰고, 때로는 대화와 장면 묘사로 생동감을 더했습니다. 진단서가 아닌 이야기로, 그러나 한의학의 원리를 놓치지 않는 방식으로 다가가고자 했습니다.

맥은 시대를 건너뛰어, 과거와 현재를 잇는 또 하나의 언어입니다.

이 책이 독자 여러분께 '역사를 진맥하는 즐거움'을 전하고, 더 나아가 스스로의 맥과 삶을 들여다보는 계기가 되길 바랍니다.

한의사 *심한얼* 드림

저의 하루는 늘 맥에서 시작해 맥에서 끝이 납니다.

한 사람의 손목 위에서 느껴지는 그 작은 파동은 단순히 피가 흐르는 소리가 아닙니다.

그 안에는 그 사람의 기쁨과 슬픔, 살아온 날들의 무게, 그리고 아직 오지 않은 시간까지 담겨 있습니다.

가끔은 이런 상상을 해 봅니다.

'만약 내가 역사 속 인물들의 맥을 직접 짚어 볼 수 있었다면, 그들의 삶과 건강을 얼마나 더 깊이 알 수 있었을까?'

그 상상은 곧 여정이 되었습니다.

세종대왕의 무거운 어깨를 받쳐 주던 침맥沈脈, 명량해전 전날, 이순신 장군의 가슴을 울리던 삭맥數脈, 왕좌에 올랐으나 고단했던 세조의 허맥虛脈……

저는 '맥'이라는 한의학의 오래된 언어로 역사를 다시 읽기 시작했습니다. 이 책은 그 여정의 기록입니다.

27맥의 의미를 고문헌 속에서 꺼내어, 오늘의 의학적 시선과 임상 경험으로 다시 빚었습니다.

그 속에는 단순한 의학 지식이 아닌, 사람과 시대를 잇는 숨결이 흐르고 있습니다. 역사는 글과 기록으로 남지만, 맥은 그 순간의 체온과 떨림을 품습니다.

　부디 이 책이, 독자 여러분에게 '역사를 진맥하는 즐거움'을 전해 주길 바랍니다.

　그리고 그 맥이 전하는 고요한 속삭임 속에서, 과거와 현재를 잇는 한 줄기 숨결을 함께 느껴 보시길 바랍니다.

　"맥은 시대를 거짓 없이 말한다."

한의사 **안경위** 드림

한의학을 공부하면서도, '맥'은 제게 늘 어렵고도 궁금한 영역이었습니다. 손끝에 전해지는 미묘한 파동 속에, 단순한 맥박 이상의 의미가 담겨 있다는 것을 알지만, 그 깊은 의미를 온전히 이해하는 일은 쉽지 않았습니다.

그러던 중 김창주 원장님과 함께 이 책의 집필에 참여하는 기회를 얻었습니다. 원장님은 오랜 임상 경험과 역사에 대한 조사, 관심으로 역사 속 인물들의 삶을 맥을 통해 재해석하셨습니다. 저는 그 곁에서 자료를 찾고 내용을 다듬는 조력자의 역할을 맡았습니다.

집필 과정은 제게 하나의 공부이자 성장의 시간이었습니다. 원장님이 풀어내는 맥의 해석을 가까이에서 지켜보며, 저는 맥을 단순한 진단 도구가 아닌 '사람을 읽는 언어'로 바라보게 되었습니다. 역사와 임상을 넘나드는 이 작업은 맥에 대한 이해를 한층 깊게 해 주었고, 환자를 대하는 시선에도 변화를 주었습니다.

이 책은 김창주 원장님 외 다른 원장님들의 경험과 제 작은 도움이 만나 완성된 결과물입니다. 독자 여러분께서 이 책을 통해, 과거와 현재를 잇는 맥의 흐름을 느끼고, 맥이 들려주는 사람의 이야기를 발견하시길 바랍니다.

    젊은 한의사로서 이 여정에 함께할 수 있었던 것은 제게 큰 행운이었습니다.

    그리고 이제, 그 배움과 울림을 여러분과 나누고자 합니다.

한의사 정수봉 올림

어릴 적부터 저는 사람들의 손목 위에서 뛰는 작은 맥박을 신기해했습니다.

그 가느다란 파동 속에 그 사람의 건강뿐 아니라 마음과 하루하루의 이야기가 숨어 있다는 걸 알게 된 건, 한의사가 된 뒤였습니다.

그러다 문득, 책 속에서만 보던 역사 속 인물들이 제 앞에 앉아 있는 장면을 상상했습니다.

전쟁을 앞둔 장수, 왕좌에서 고독을 견디는 군주, 꿈을 끝내 놓지 않은 혁명가…….

만약 그들의 맥을 짚었다면, 손끝에서 어떤 이야기가 전해졌을까요?

이 책은 그 상상을 한 땀 한 땀 엮은 기록입니다.

역사적 사실 위에 한의학의 맥 이론을 놓고, 그 사이를 상상력으로 잇고, 독자님이 쉽게 따라올 수 있도록 풀어냈습니다.

의학서라기보다 사람과 시대를 잇는 작은 다리 같은 책이 되길 바랐습니다.

이 책을 덮을 때쯤, 독자님 마음에도 이런 감각이 남았으면 합니다.

'맥을 읽는다는 건, 사람의 시간을 읽는 일이구나.'

한의사 **조은별희** 드림

한의학에서 맥은 단순한 맥박이 아닙니다.

그것은 한 시대의 건강과 병리, 나아가 인물의 운명과 역사적 결정을 함께 기록하는 '시간의 흐름'입니다.

이 책은 고대 왕실 어의의 진맥에서부터 근대 왕실 어의의 진맥 기술까지, 맥이 걸어온 여정을 담고 있습니다.

이 책 속의 27맥은 단순한 의학적 분류가 아니라 인류가 몸과 마음을 이해하고자 한 오랜 노력의 산물입니다.

왕의 장맥은 부국강병의 상징이었고, 장군의 현맥은 전쟁 전날의 결의를 보여 주었으며, 병자의 삽맥은 세월이 남긴 상처를 드러냈습니다.

저는 이 기록을 통해 독자들이 맥의 언어를 읽고, 그 안에 담긴 인간의 역사와 감정을 함께 느끼기를 바랍니다.

27맥은 과거와 현재를 잇는 '맥의 연대기'이며, 동시에 미래 한의학이 나아갈 방향을 제시하는 나침반입니다.

한의사 한규호 드림

차례

머리말   5

1. **명량해전의 맥** — 이순신 장군의 맥을 짚다   23
2. **옥중의 맥** — 안중근 의사의 맥을 짚다   27
3. **쇠락의 맥** — 이토 히로부미의 맥을 짚다   33
4. **키 작은 황제의 맥** — 나폴레옹의 맥을 짚다   37
5. **쇠의 맥에서, 쇠락의 맥으로** — 변강쇠의 맥을 짚다   43
6. 장맥(長脈)   49
7. 완맥(緩脈)   55
8. 실맥(實脈)   61
9. 지맥(遲脈)   67
10. 부맥(浮脈)   73
11. 삭맥(數脈)   79
12. 침맥(沈脈)   85
13. 현맥(弦脈)   91
14. 대맥(大脈)   97
15. 허맥(虛脈)   105
16. 긴맥(緊脈)   109

17.	활맥(滑脈)	115
18.	홍맥(洪脈)	121
19.	약맥(弱脈)	127
20.	세맥(細脈)	133
21.	복맥(伏脈)	139
22.	단맥(短脈)	145
23.	동맥(動脈)	151
24.	혁맥(革脈)	157
25.	규맥(芤脈)	163
26.	촉맥(促脈)	169
27.	결맥(結脈)	175
28.	대맥(代脈)	181
29.	삽맥(澁脈)	187
30.	미맥(微脈)	193
31.	유맥(濡脈)	199
32.	산맥(散脈)	205

명량해전의 맥

이순신 장군의 맥을 짚다

1597년, 명량해협.

파도는 거셌고, 나라의 운명은 오롯이 그의 어깨에 걸려 있었다.

그의 손목을 잡는 순간, 손끝에 전해지는 맥은 마치 전장의 북소리처럼 울려 퍼졌다.

제1맥 — 전장의 현맥

전투를 하루 앞둔 밤, 장군의 맥은 팽팽히 당겨진 활시위처럼 긴장감에 차 있었다.

결의와 긴장, 그리고 피로가 뒤엉킨 현맥弦脈.

"장군, 간기肝氣가 막혀 있습니다. 이대로는 피로가 누적되어 몸을 해칠 수 있습니다."

장군은 고요히 눈을 감고 말했다.

"나라가 위태로운데, 내 피로를 말할 때가 아니오."

이 현맥은 그가 품은 의지와 스트레스, 그리고 강한 책임감과 완벽을 추구하는 성향이 몸에 그대로 반영된 맥이었다.

제2맥 — 새벽의 침맥

새벽, 전투를 앞두고 다시 그의 맥을 짚었다.

이번에는 물속 깊은 바닥으로 가라앉은 듯한 침맥沈脈이 손끝에 닿았다.

장기간의 과로와 수면 부족, 허약한 소화력을 그대로 드러내는 맥이었다.

피로는 몸 깊숙이 스며 있었지만, 그는 그조차 껴안은 채 정신력으로 버티고 있었다.

몸은 한계에 이르렀지만, 그 의지는 끝내 흔들리지 않았다.

제3맥 — 전투 후의 세맥

명량해전의 승리 이후, 그의 맥은 실처럼 가느다란 세맥細脈으로 바뀌었다.

극심한 체력 소모와 긴장이 풀린 뒤 찾아온 허약함의 징후였다.

그러나 그 가늘고 미약한 맥 속에서도 '나라를 지키겠다'는 그의 꺾이지 않는 의지는 또렷이 살아 있었다.

2

옥중의 맥

안중근 의사의 맥을 짚다

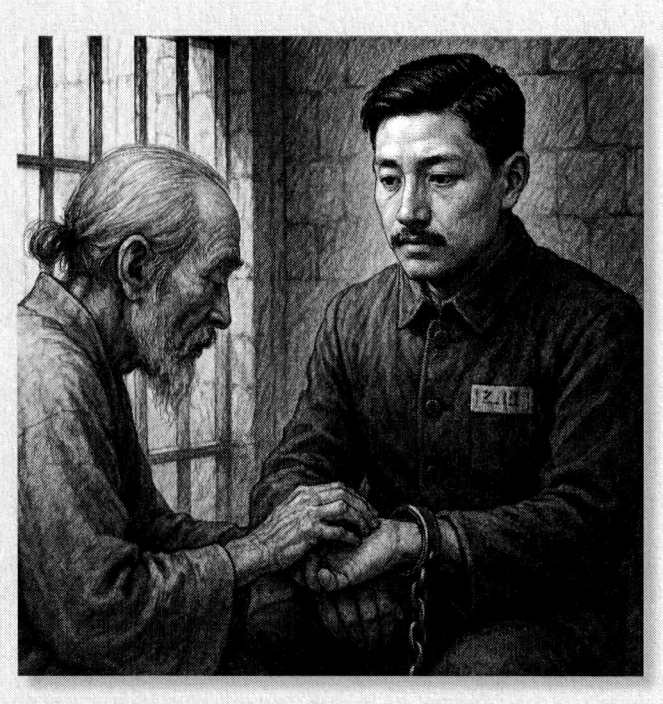

1909년 11월, 차가운 바람이 뤼순 감옥 창살 사이로 스며들고 있었다.

어둡고 축축한 감방 안, 한 사내가 결연한 눈빛으로 조용히 앉아 있었다.

그는 안중근.

이토 히로부미를 사살하고 당당히 체포된 대한의 의사義士였다.

그의 손목 위로 한 노老한의사의 손끝이 조용히 닿았다.

제1맥 — 활줄 같은 맥, 현맥

"……현弦하다."

노한의사가 속으로 낮게 중얼거렸다.

그의 손끝에 느껴지는 맥은 활시위를 당긴 듯 팽팽했다.

피 속에서는 분노와 결연함이 이글이글 타오르고 있었다.

"이분의 간기가 하늘을 찌르는구나……. 범상한 맥이 아니야."

그의 정신은 두려움이 아닌, 평온함과 결연함으로 굳게 다져져 있었다.

이 맥은 결코 패배자의 것이 아니었다.

제2맥 — 옥중의 세맥

날이 갈수록 추위와 굶주림이 사내의 살을 갉아먹었다.

그러나 그의 맥은 결코 무너지지 않았다.

다만 점점 가늘어지고 있었다.

노한의사의 손끝에 전해지는 또렷한 느낌.

"세맥……. 허하구나."

"몸은 쇠약해졌지만…… 그의 뜻은 아직 꺾이지 않았군."

그는 손을 떼며 낮게 중얼거렸다.

"이 맥은 겨우 생명을 붙들기 위한 것이 아니라, 스스로 선택한 길을 끝까지 가려는 자의 맥이다."

제3맥 — 마지막 진맥, 현맥과 세맥

1910년 3월. 형장으로 향하기 전, 마지막으로 노한의사가 그의 손목을 잡았다.

맥은 더 이상 빠르지도, 느리지도 않았다.

현맥과 세맥.

팽팽한 의지와 가늘어진 육신이 하나로 합쳐진, 전장에 나서는 장수의 맥.

안중근은 잔잔한 미소를 지으며 물었다.

"선생, 제 맥은 어떻습니까?"

노한의사는 잠시 침묵하더니 조용히 답했다.

"장부丈夫의 맥이네……. 나라를 짊어진 맥일세."

안중근은 담담히 고개를 끄덕였다.

그의 발걸음엔 조금의 흔들림도 없었다.

그리고 그날, 한 영웅의 마지막 맥은 역사의 심장 깊이 새겨졌다.

쇠락의 맥

이토 히로부미의 맥을 짚다

뤼순으로 향하기 전, 하얼빈 역 대기실의 공기는 싸늘했다. 늙은 정치가 이토 히로부미는 고개를 들고 천천히 숨을 내쉬었다.

눈빛엔 한때 제국을 쥐락펴락하던 권세의 흔적이 남아 있었지만, 육신은 이미 세월을 버티지 못하고 있었다.

그때, 한 노한의사가 조심스레 그의 손목을 잡았다.

세상에 알려지지 않은 한 순간의 진맥이었다.

제1맥 — 팽팽한 현맥

노한의사의 손끝에 닿은 맥은 여전히 팽팽했다.

활시위처럼 팽팽히 당겨진 현맥.

수십 년간 정계를 쥐락펴락하며 쌓아온 강한 기세가, 그 맥 속에 고스란히 남아 있었다.

그러나 그 활줄은 어딘가 삐걱거리고 있었다.

언제 끊어져도 이상하지 않을, 위태로운 긴장감이 스며 있었다.

"강자의 맥이긴 하나…… 너무 오래 당겨진 활시위였구나."

제2맥 — 가늘어진 세맥

노한의사의 손끝에, 서서히 또 다른 맥이 스쳐 지나갔다.

실처럼 가늘고 힘 없는 세맥.

노년의 과로와 술, 끊이지 않는 정계의 암투가 몸을 조금씩 갉아먹고 있었다.

눈빛은 여전히 날카로웠지만, 육신은 더 이상 그 기세를 버텨 내지 못했다.

"이 맥은…… 허세虛勢의 맥이로다.

겉으론 기세가 남아 있지만, 기혈은 말라붙고 장부의 기운도 꺼져 가고 있군."

제3맥 — 마지막 맥, 삽맥

삽맥澁脈……. 심신은 지치고, 양기는 고갈되었으며, 혈맥은 막혀 있었다.

쇠락한 제국의 말로가, 그대로 그의 맥에서 읽혔다.

그 순간, 어둠을 가르며 총성이 울려 퍼졌다.

안중근이 방아쇠를 당기는 찰나, 쇠락한 제국의 삽맥은 멎었다.

그날, 역사는 두 개의 맥을 한 점에 겹쳐 놓았다.

하나는 스러졌고, 다른 하나는 불멸의 의지로 역사에 새겨졌다.

키 작은 황제의 맥

나폴레옹의 맥을 짚다

1815년, 워털루에서 패한 직후였다.

한때 유럽의 황제로 군림했던 사내는, 이제 포로가 되어 조용히 책상 앞에 앉아 있었다.

그의 맥은 여전히 작은 전쟁터처럼 긴장으로 팽팽했고, 숨결은 짧고 거칠게 일렁였다.

맥에서 활시위가 팽팽히 당겨진 듯한 현맥의 기운이 느껴졌다.

'아…… 간기울결肝氣鬱結, 장기간의 전쟁과 정치적 압박이 그의 정신을 옥죄었구나.'

황제의 눈빛은 살아 있었으나, 육신은 피로에 짓눌린 채 버티고 있을 뿐이었다.

제1맥 — 젊은 장군의 현맥

1796년, 이탈리아 전선.

당시의 나폴레옹은 마치 승리의 여신이 곁을 지키는 듯한 사내였다.

그의 맥에서는 활처럼 팽팽한 현맥과, 실처럼 가느다란 세맥이 함께 뛰고 있었다.

"장군께서는 과로하고 계십니다. 허약한 위장이 더 이상 긴

행군을 버티기 힘들 것입니다."

그러자 그는 웃으며 말했다.

"내 병은 약이 아니라 전장이 고친다오."

그는 맥의 경고를 무시했고, 그 대가로 몸은 서서히 무너지고 있었다.

제2맥, 유배지의 삽맥

세인트헬레나 섬, 고립된 황제의 방.

그의 맥은 더 이상 예전과 같지 않았다.

손끝에 닿은 것은 삽맥, 마른 대나무를 칼끝으로 긁는 듯, 거칠고 막힌 맥이었다.

위장병은 깊어졌고, 혈의 흐름은 곳곳에서 멎어 있었다.

나는 조심스럽게 말했다.

"폐하, 이제는 검이 아니라 탕약이 필요하십니다."

그는 고개를 들어 내 손을 바라보며 미소 지었다.

"탕약으로 제 운명도 달라질 수 있을까요?"

나는 대답하지 않았다. 그의 맥이 이미 그 물음에 답하고 있었기 때문이다.

제3맥, 마지막 미맥

1821년 봄, 나폴레옹의 마지막 날.

그의 맥은 거의 느껴지지 않는 미맥微脈으로 변해 있었다.

손끝에서 점점 사라져 가던 황제의 기운.

이제 그의 야망도, 전쟁도, 피로에 지친 간과 위장도 모두 조용히 잠들어 가고 있었다.

그 순간 나는 깨달았다.

그의 삶을 지배한 것은 칼과 전쟁만이 아니었다.

몸속 깊은 곳에서 조용히 뛰던 작은 맥들이, 이미 오래전부터 그의 운명을 써 내려가고 있었던 것이다.

쇠의 맥에서, 쇠락의 맥으로

번강쇠의 맥을 짚다

한때는 산을 부수고 들판을 가르며, 사람들 사이에 이름이 자자한 사내가 있었으니, 그 이름 변강쇠라 했다.

팔뚝은 장정 서너를 합친 듯 굵고, 발걸음마다 흙먼지가 일어났으니,

사람들은 그를 가리켜 '쇠 같은 사내'라 불렀다.

그러던 어느 날, 한 노한의사가 변강쇠를 불러 맥을 짚었다.

제1맥 — 강철 같은 실맥

"이야…… 이건 맥이 아니라 북소리구먼."

노한의사는 눈을 부릅뜨며 감탄했다.

손끝에 닿은 것은 실맥實脈.

박동은 힘차고 건실했으며, 정혈은 왕성하고 양기는 거침없이 끓어올랐다.

기혈이 충만한 사내의 맥이었다.

"허허, 이 힘이면 산삼도 뿌리째 뽑겠구먼!"

변강쇠는 호탕하게 웃으며 외쳤다.

"그럼 더 먹고, 더 놀아야지!"

노한의사는 고개를 끄덕이며 낮게 중얼거렸다.

"견실한 활줄은 쉽게 끊어지는 법이지……."

제2맥 — 허해지는 맥, 허맥

세월이 흘렀다.

변강쇠는 여전히 기운이 넘쳤지만, 어느 날부터인가 그의 맥이 달라져 있었다.

노한의사의 손끝이 살짝 떨렸다.

"허…… 이건 허맥虛脈이구나."

은근히 미동하다가, 끝내 공허한 감촉만 남기는 맥이었다.

양기는 흩어지고, 정혈은 바닥을 드러내고 있었다.

"강쇠야, 이젠 자중해야 한다."

그러나 변강쇠는 껄껄 웃었다.

"나는 쇠라니까! 쇠는 녹슬지 않아!"

노한의사는 고개를 저으며 조용히 말했다.

"쇠도 불에 오래 달구면 언젠가는 녹는 법이지……."

제3맥 — 쇠약의 맥, 세맥

오랜 시간이 흐른 뒤, 다시 한의사 앞에 앉은 변강쇠는 더 이상 예전의 사내가 아니었다.

눈빛은 여전했지만, 몸은 비쩍 마르고 힘이 빠져 있었다.

맥을 짚자, 실처럼 가느다란 세맥이 손끝에 잡혔다.

"이제는…… 바람만 불어도 꺼질 등불이구나."

변강쇠는 미소 지었다.

"허허…… 그래도 난 내 맥이 어떻게 뛰는지 알고 싶었네. 내 맥은 여전히 강쇠지?"

노한의사는 잠시 손끝을 감은 채 맥을 느끼다, 조용히 고개를 끄덕였다.

"그래…… 끝까지 쇠 같은 맥이었네. 다만, 녹이 슨 쇠였을 뿐이지."

그리고 그렇게, 그의 맥과 쇠와 같던 그의 맥도 조용히 멎었다.

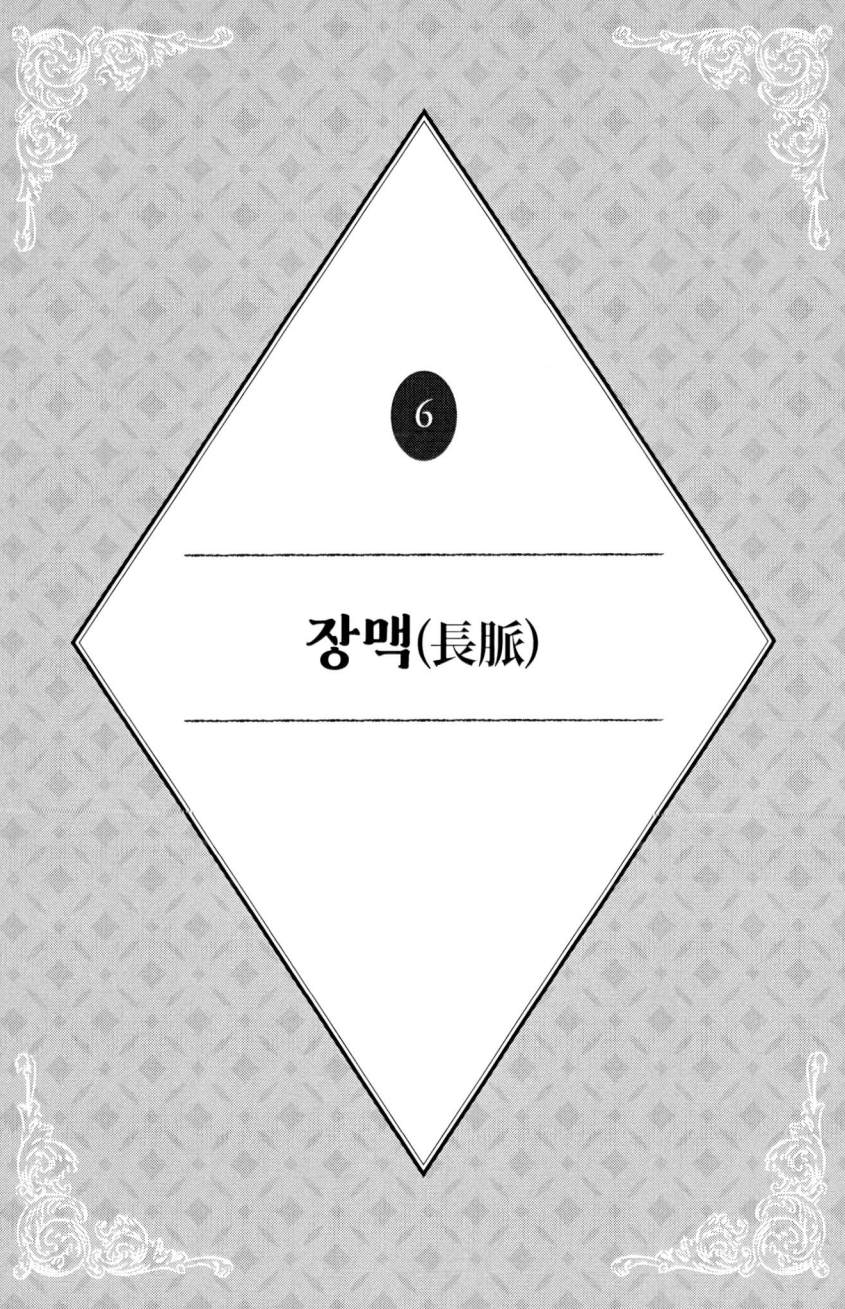

6
장맥(長脈)

물결처럼 크고 긴 맥

장맥長脈은 마치 물결과 같았다.
길고 부드러우며, 멈춤 없이 이어지는 생명의 흐름.
한의학에서는 이 맥을 장수의 맥이라 불렀다.

"기혈이 왕성하고 음양이 조화로우면, 맥은 마치 큰 강물처럼 흐른다."
— 고방古方 의서 中

장맥은 단지 건강한 맥을 의미하지 않는다.
삶을 절제하고 평정을 유지하며, 심신을 조화롭게 다스린 이들에게서만 나타나는, '지혜로운 삶의 흔적'이다.

10회 검사 기준
20~30대: 50% 이상
40대: 40% 이상
50대: 30% 이상

60대: 25% 이상

70~80대: 20% 이상

만약 이보다 낮다면?
그것은 피로가 누적되고 있다는 경고다.
반대로 장맥이 자주 잡히고, 유산소 운동 후 실맥이 곁들여진다면 그야말로 최고의 컨디션일 것이다.
이제, 그 장맥의 주인들을 역사 속에서 만나 보자.

제1맥 — 공자의 장맥, 도의 숨결

노나라의 새벽은 고요했다.
차향이 은은히 퍼지는 정원에서, 공자는 제자들에게 인仁을 설파하고 있었다.
그때, 한 노한의사가 공자의 맥을 짚었다.
손끝에 전해진 맥은 길고 부드러우며, 끊김 없이 이어졌다.
분명한 장맥이었다.
"대장부의 맥이로구나……."
공자는 빙긋 웃으며 말했다.
"덕을 닦고 예를 지키면, 마음이 고요해지고 맥 또한 평안해지는 법이지요."

그의 맥은 단순한 건강을 넘어, 도道가 응축된 흐름이었다.

공자의 가르침은 말에만 있지 않았다.

그의 삶에 스며 있었고, 그 맥에서도 고스란히 드러났다.

제2맥 — 정조대왕의 장맥, 왕의 기개

조선 18세기, 화성의 새벽.

정조대왕은 경연을 마친 뒤, 잠시 휴식을 취하고 있었다.

"전하, 잠시 맥을 살펴보겠사옵니다."

어의御醫가 조심스레 고개를 숙이며 왕의 손목을 잡았다.

길고 힘찬 맥. 그러나 결코 거칠지 않았다.

부드러우면서도 강단 있는 맥.

그 속엔 장맥, 왕의 기개가 고스란히 담겨 있었다.

"전하의 맥은 강인하고도 온화하옵니다. 분노에 흔들리지 않고, 절제 속에 기혈이 고르게 흐르옵니다."

정조는 빙그레 웃으며 말했다.

"학문과 무예를 함께 닦는 자가 어찌 기혈을 어지럽히겠는가. 나라를 다스리는 이는 먼저, 자신의 맥부터 다스려야 한다."

궁을 나서며 어의는 혼잣말처럼 읊조렸다.

"장맥……. 이 맥이야말로 진정한 군주의 맥이로다."

장맥, 삶을 닮은 흐름

공자의 장맥은 도의 흐름이었고,

정조대왕의 장맥은 왕의 기개가 고스란히 담긴 맥이었다.

그들의 삶은 절제와 균형 속에 이어진 파도처럼, 흔들림 없이 이어졌다.

그리고 그 물결은 오늘날 우리에게도 조용히 전해지고 있다.

맥은 거짓말을 하지 않는다.

당신의 맥은 곧, 당신의 삶을 말해 주는 또 하나의 기록이기 때문이다.

7

완맥(緩脈)

느슨하고 완만한 맥

완맥緩脈은 늦가을 강물처럼 흐른다.

빠르지 않고, 거칠지 않으며, 그저 느긋하게 이어질 뿐이다.

겉보기엔 별문제 없어 보이지만, 이 맥이 오래 지속되면 몸은 조용히 신호를 보낸다.

소화가 더뎌지고, 몸이 자주 붓거나, 이유 없이 피로가 쌓이는 것,

그것이 완맥이 보내는 첫 징후다.

> "맥이 완만하고 힘이 없으면, 담적痰積이 위장을 가리고, 기혈은 흐릿한 안개 속을 헤매게 된다."
>
> —『청궁의안』

그러나 완맥이 단점만 있는 것은 아니다.

위대한 황제들은 오히려 이 느긋한 맥 속에서 규칙과 절제의 힘으로 장수를 누렸다.

제1맥 ─ 강희제, 건강 관리의 황제

청나라 궁정의 새벽, 강희제는 이미 자리에 앉아 있었다.

서책을 펼쳐 글자를 음미하듯 바라보고, 차 한 모금을 천천히 넘겼다.

"폐하, 오늘도 맥을 살펴보겠습니다."

어의가 조심스럽게 황제의 손목을 짚었다.

완맥이었지만, 흐트러짐 없는 단정한 맥이었다.

"허하되 안정된 맥이옵니다. 담적痰積의 기미는 있으나, 잘 다스리고 계십니다."

어의가 고개를 숙이며 말했다.

강희제는 가볍게 고개를 끄덕였다.

"몸은 나라와 같다. 작은 혼란을 놓치면 나라가 흐트러지고, 작은 노폐물을 방치하면 몸 또한 무너지게 되지."

그는 육미지황환으로 신장을 보하고,

매일 아침 규칙적으로 산책하고 서예에 몰두했다.

그는 절제된 일상과 규칙적인 습관으로 건강을 지켰고,

중국 황제 가운데 가장 오래 제위한 군주로 역사에 이름을 남겼다.

제2맥 — 건륭제, 장수의 맥

89세, 황제의 나이라고는 믿기 어려운 나이였다.

건륭제는 여전히 붓을 들고 시를 읊고, 새벽마다 태극권으로 기운을 다스렸다.

어의가 그의 맥을 짚었을 때,

그 맥은 한없이 느리고, 힘이 없었다.

맥완무력脈緩無力, 노쇠의 징후였다.

"전하, 신허腎虛와 기허氣虛가 겹쳐 있사옵니다.

그러나 절제하신다면, 여전히 장수를 누리실 수 있습니다."

건륭제는 잔잔히 미소 지으며 말했다.

"욕심을 줄이고 절제를 지키는 것, 그것이 장수의 비결이니라."

그는 귀비탕과 십전대보탕으로 기혈을 보하고, 규칙적인 생활로 몸의 흐름을 다스렸다.

그 삶은 조용한 완맥처럼, 느리지만 끊기지 않는 흐름이었다.

건륭제는 그렇게, 중국 황제 가운데 가장 오랜 세월을 살아낸 황제로 기억되고 있다.

제3맥 — 서태후, 권력과 건강의 역설

궁궐의 주인이자 권력의 화신, 서태후.

그러나 그녀의 맥은 더 이상 젊은 시절의 그것이 아니었다.

60대 이후, 어의가 짚은 맥은 맥세이완脈細而緩,

즉 가늘고 느리게 흐르는 세맥과 완맥의 징후였다.

신허와 기허가 겹친 노쇠의 맥이었다.

그럼에도 서태후는 결코 쓰러지지 않았다.

육미지황환과 귀비탕, 궁중에서만 가능한 침술과 약욕藥浴,

절제된 식사와 꾸준한 건강 관리로 무너지는 몸을 붙들었다.

마지막 순간까지도 식사를 하고 명령을 내릴 만큼, 그녀는 기력을 잃지 않았다.

그리고 광서제를 독살한 바로 다음 날, 모든 것을 정리하듯 세상을 떠났다.

마치 권력과 함께 숨 쉬던 맥이, 그제야 조용히 멎은 듯이.

완맥, 절제의 리듬

강희제의 맥에서는 절제를, 건륭제의 맥에서는 장수를, 서태후의 맥에서는 끝까지 놓지 않은 권력을 읽을 수 있었다.

완맥은 우리에게 말한다.

"천천히, 그러나 꾸준히. 절제 속에 길이 있다."

당신의 맥이 느리고 완만하게 뛰고 있는가?

그렇다면 몸이 보내는 작은 신호일지도 모른다.

운동, 절제된 식사, 그리고 기혈을 다스리는 한방의 지혜.

청 황실이 실천했던 건강법은 오늘날에도 여전히 유효하다.

8

실맥(實脈)

박동하는 모습이 힘이 있고 견실한 맥

실맥은 마치 전장에서 울리는 북소리 같다.

강하고 또렷하며, 힘이 넘친다.

한의학에서는 이를 기혈氣血이 왕성하고, 혈맥이 원활히 순환하는 맥이라 한다.

그러나 이 강한 맥이 언제나 '좋은 것'만은 아니다.

그 속엔 때로 열과 압력, 긴장과 흥분이 함께 숨겨져 있다.

생명의 기세이자, 몸이 보내는 경고음일 수 있는 것이다.

이제, 그 실맥을 지녔던 두 왕의 이야기를 만나 보자.

제1맥 ― 태조 이성계, 실맥과 활맥의 군주

고려 말, 전장의 새벽.

장수 이성계의 맥은 이미 한의사들 사이에서 전설처럼 회자되고 있었다.

어의가 그의 손목을 짚자,

실맥과 활맥滑脈이 어우러진, 거친 파도 같은 맥이 느껴졌다.

"장수의 맥이로구나. 기혈이 사방으로 뻗어나가고 있네."

젊은 시절의 이성계는 누구보다 강인했다.

전장에서의 기세와 생명력은, 마치 용이 하늘로 승천하는 듯했다.

왕위에 오른 이후, 그의 몸에도 세월의 그림자가 드리워졌다.

관절염으로 거동이 불편한 날이 잦아졌지만, 그는 쉽게 무너지지 않았다.

"풍습風濕을 몰아내고, 기혈의 막힘을 뚫어라!"

어의들은 통비通痺와 거풍습祛風濕, 즉 통증을 줄이고 몸 속 습기를 배출하는 치료에 힘썼고, 이성계는 신장을 보하는 약을 꾸준히 복용하며 맥의 흐름을 지켜 냈다.

병을 품은 채 살아간 말년에도, 그의 실맥은 여전히 굳건했다.

나라를 세운 군주의 의지처럼, 그 맥은 끝내 꺾이지 않았다.

제2맥 — 정종, 실맥과 두통의 왕

왕위를 이어받은 정종의 맥도 강했다.

그러나 그의 실맥은, 아버지의 그것과는 분명히 달랐다.

맥은 힘차고 단단했지만, 그 안엔 쌓여 가는 울화와 스트레스가 고스란히 배어 있었다.

"전하, 실맥이 과하옵니다. 열이 머리로 치솟고 계십니다."

정종은 잦은 두통에 시달렸다.

실록에는 머리가 무겁고 눈앞이 어지러워 정사를 대신 맡긴 날들이 기록되어 있다.

어의들은 청열안신淸熱安神으로 머릿속 열을 식히고, 간기소설肝氣疏泄로 응어리진 기운을 풀어 주려 했다.

그러나 실맥은 쉽게 가라앉지 않았다.

왕좌에 앉은 자의 긴장, 억눌린 분노, 끝없는 책임감.

그 모든 감정이 그의 맥을 두드리듯 몰아쳤기 때문이다.

정종의 실맥은 건강의 상징이 아니었다.

그것은 울화와 긴장이 쌓여 만들어 낸, 몸이 내보낸 조용한 신호였다.

실맥, 강함의 두 얼굴

태조 이성계의 실맥은 강인함과 생명의 기세를 담고 있었고,

정종의 실맥은 권력의 무게와 긴장이 만든 조용한 경고였다.

같은 실맥이라도 사람마다 맥이 말하는 바는 다르다.

그러니 기억해야 한다.

"강한 에너지는 축복일 수도, 위험일 수도 있다.

절제와 관리가 곧 진짜 힘이다."

규칙적인 운동, 균형 잡힌 식사,

그리고 필요할 때는 내 몸의 흐름을 짚어 보는 것.

왕들의 맥은 우리에게 여전히 말하고 있다.

진짜 강함은, 다스릴 줄 아는 힘에서 비롯된다고.

9

지맥(遲脈)

기혈의 움직임이 매우 느린 맥

지맥遲脈. 겨울 강물처럼 느리고 고요한 맥.

운동선수에겐 단련된 심장의 흔적이지만, 일반인에게 자주 나타난다면 이야기는 달라진다.

손발이 차고, 쉽게 피로하며, 숨이 가빠오는 이들—

지맥은 속삭인다.

"너의 몸은 지금 에너지를 아끼고 있다……. 하지만 오래 머무르면 얼어붙을지도 모른다."

이제, 역사 속 인물들의 지맥을 따라가 보자.

제1맥 ― 진시황, 불로장생을 꿈꾼 황제의 지맥

안개가 자욱한 새벽.

아방궁 깊숙한 침실, 진시황은 황금빛 약병을 들여다본 채 잠들지 못하고 있었다.

어의가 다가와 손목을 짚었다.

"전하…… 맥이 지맥이옵니다. 한기가 온몸을 감싸고 있사옵니다."

진시황은 눈을 감은 채 말했다.

"불사의 약을 먹었거늘, 어찌 몸은 더 차갑단 말이냐……."

그의 맥은 느렸다. 겨울 강물처럼 천천히 흐르되, 그 속엔 이미 빠져나간 생기가 남아 있지 않았다.

수은이 섞인 단약은 신장을 해치고, 몸을 점점 얼어붙게 만들고 있었다.

그러나 황제는 멈추지 않았다.

"더 강한 불사의 약을 가져오라!"

그 명령이 밤하늘을 가르자, 어의는 조용히 속으로 되뇌었다.

"이 지맥은 불사를 향한 헛된 욕망이 만들어 낸 냉기다……."

제2맥 ― 명 헌종, 향락과 지맥의 그림자

자금성의 밤은 화려했다.

술과 음악, 후궁들의 웃음이 연회장을 가득 채웠다.

그러나 그 빛과는 다르게, 헌종의 맥은 한없이 느렸다.

"전하, 맥이 허하고 지遲하옵니다."

어의의 말에 헌종은 웃으며 술잔을 들었다.

"허약하다 하였느냐? 이 술이 보약이 아니더냐."

그러나 그 웃음 뒤엔 지친 몸과 무기력함,

그리고 식어 가는 기운이 감돌고 있었다.

황제는 몸의 경고를 외면했다.

화려한 궁궐의 밤이 계속될수록, 그의 생명은 조용히 꺼져 가고 있었다.

제3맥 — 청 도광제, 절제의 덫에 갇힌 황제

도광제道光帝는 검소함의 대명사였다.

화려한 음식도, 사치스러운 물건도 멀리하며, 절제를 삶의 도로 삼았다.

그러나 어느 날, 어의가 그의 맥을 짚고 말했다.

"전하, 맥이 지하고 허하옵니다. 기혈이 메마르고, 몸에 한기가 감돌고 있사옵니다."

도광제는 조용히 웃었다.

"검소함이야말로 오래 사는 이치가 아니겠는가."

하지만 지나친 절제는 그의 몸을 점점 메마르게 만들고 있었다.

보약과 침술로 기운을 덥히려 했지만, 맥은 여전히 느리고 가늘었다.

그의 맥은 조용히 말하고 있었다.

절제도 지나치면 병이 된다고.

지맥, 지나침이 부른 맥

진시황의 집착, 헌종의 향락, 도광제의 과도한 절제―

삶의 모습은 달랐지만, 그들의 맥은 한 가지 진실을 말하고 있었다.

"삶의 균형을 잃으면, 맥도 길을 잃는다."

지맥은 몸이 조용히 울리는 경고의 북소리다.

그 소리에 귀 기울이는 자만이, 오래도록 흐르는 맥을 가질 수 있다.

10

부맥(浮脈)

나뭇조각이 물 위에 떠다니는 것 같은 맥

나뭇조각이 잔잔한 물결 위를 떠다니듯, 부맥浮脈은 피부 가까이에서 흐르는 맥이다.

그 속에는 단순한 맥박 이상의 정보가 담겨 있다.

왕과 황제의 손목에서 뛰던 부맥은, 그들의 몸과 마음을 조용히 비추는 거울이었다.

제1맥 ― 고려 공민왕, 부맥과 외사外邪의 그림자

원 간섭기의 먹구름을 걷어내려 애쓰던 공민왕.

그러나 그의 몸은 이미 병마의 그림자 아래 놓여 있었다.

한겨울 바람이 궁궐을 스쳐 지나던 날, 어의는 조심스레 왕의 손목을 짚었다.

손끝에 전해지는 맥은 얕고 가볍게 떠 있었다.

"전하, 부맥이 나타났사옵니다. 풍한風寒이 몸을 얕게 침범하고 있사옵니다."

공민왕은 잠시 눈을 감았다.

"허면 또 감기란 말이냐……."

정치의 소용돌이와 밤낮 없는 국정 운영은 그의 몸을 서서히 갉아먹고 있었고,

사기邪氣는 틈을 타 몸을 파고들었다.

마황탕이 불려오고, 따뜻한 보약이 이어졌지만 그의 맥은 여전히 얕게 흔들리고 있었다.

왕의 손목에서 뛰던 맥은, 피로와 긴장, 외부의 사기가 어지럽힌 고요한 수면 같았다.

제2맥 — 조선 성종, 과로와 부맥의 군주

성종은 부지런한 임금이었다.

새벽부터 밤늦게까지, 경연과 정무를 쉬지 않고 이어 갔다.

그러던 어느 날, 국정을 마친 성종은 깊은 피로에 잠긴 채 자리에 앉아 있었다.

어의가 그의 맥을 짚자, 손끝에 얕고 가벼운 파동이 느껴졌다.

"전하, 부맥이옵니다. 피로와 허증이 겹쳐, 사기가 몸의 표면을 침범하고 있사옵니다."

성종은 조용히 미소를 지었다.

"허면 또 약을 써야겠구나. 내 나라를 돌보다 병을 얻는구

나……."

성종은 보중익기탕을 복용하며 몸을 다잡았지만, 과로는 그의 기운을 갉아먹고 있었다. 부맥은 연이어 경고를 보냈으나, 정사는 그를 쉬게 두지 않았다.

결국, 성종은 1494년 12월 24일(음력) 창덕궁 대조전에서 다리에 생긴 종기가 악화되어 폐병과 피부 질환의 합병증으로 승하했다, 향년 38세였다.

제3맥 ― 청나라 광서제, 결핵과 부맥과 허맥

광서제의 몸은 어려서부터 허약했다.

어의가 그의 손목을 짚자, 손끝에 가볍고 힘없는 맥이 느껴졌다.

"전하, 부맥과 허맥이옵니다. 기운이 약해 외부의 사기가 쉽게 침범하고 있사옵니다."

결핵으로 폐가 손상된 황제의 몸은 점차 식어 갔다.

따뜻한 보약과 기혈을 보충하는 처방이 이어졌지만, 그의 부맥은 수면 위에 떠 있는 작은 나뭇잎처럼 가볍게 흔들릴 뿐이었다.

광서제는 창밖으로 흐린 하늘을 바라보며 조용히 중얼거렸다.

"이 맥이…… 내 몸의 허약함을 다 말해 주는구나."

부맥이 남긴 흔적

부맥은 단순한 감기의 신호만은 아니었다.

공민왕의 피로, 성종의 과로, 광서제의 허약함.

그들의 몸은 이미 맥을 통해 경고를 보내고 있었다.

피부 가까이 떠 있는 맥은, 몸이 스스로를 지킬 힘을 잃어 가고 있다는 신호다.

그 신호를 알아차리는 사람이 병을 먼저 막을 수 있다.

11

촉맥(促脈)

기혈이 질주하듯 흐르는 맥

삶의 리듬이 심장의 고동을 뒤흔드는 순간이 있다.
빠르고 긴박한 삭맥數脈은 마치 전장의 북소리처럼 가슴을 울린다.
이 맥을 지닌 인물들은 하나같이 불꽃처럼 타오르는 삶을 살았다.

제1맥 — 장희빈, 권력의 불에 몸을 태운 여인

창덕궁 깊은 밤, 찬란한 비단옷을 두른 장희빈이 이마에 맺힌 땀방울을 조용히 훔쳤다.
어의가 그녀의 손목을 짚는 순간, 숨 가쁘게 뛰는 맥박이 손끝에 선명히 전해졌다.
"마마, 맥이 삭數하옵니다. 기와 혈이 불길처럼 치솟고 있사옵니다."
권력의 소용돌이 속, 끊임없는 궁중 암투는 그녀의 몸에 불을 질렀고, 아무리 청열약을 써도 그 화기는 좀처럼 가라앉지 않았다.

지친 기색이 역력한 얼굴에 잔잔한 미소를 띤 채, 장희빈이 낮게 중얼거렸다.

"불로 태어난 몸도 아닌데…… 이 화를 어찌 다스리겠느냐."

천하를 삼킬 듯 타오르던 권력욕도, 병든 육신 앞에선 허망하게 꺼져 갔다.

제2맥 ― 연산군, 분노의 군주, 불타는 맥

연산군의 방은 늘 고함과 명령이 소용돌이치는 아수라장이었다.

그 소란 속에서 어의가 왕의 손목을 짚자, 사납고 빠르며, 활시위처럼 팽팽한 맥이 뛰었다.

"전하, 맥이 삭하고 또한 현하옵니다."

그는 분노에 사로잡혀 밤마다 잠을 이루지 못했고, 얼굴은 늘 분노로 붉어져 있다. 청열안신제淸熱安神劑도 그의 불타는 맥을 가라앉히지 못했다.

궁궐 사람들은 하루하루 두려움에 떨며, 몰래 속삭였다.

"전하의 맥은 사나운 불길 같아. 저렇게 타오르다가는 결국 자신까지 태워 삼킬 거야."

제3맥 — 예종, 불꽃처럼 짧았던 생애

예종은 갑작스레 쓰러졌다.

어의는 병상 곁에서 떨리는 손으로 맥을 짚었다.

"전하, 삭맥과 실맥이 겹쳤사옵니다. 몸의 열이 치솟고 있나이다……."

그러나 이미 늦었다.

왕의 몸은 한순간 타올랐다 꺼지는 불꽃 같았다.

청열사화清熱瀉火의 약도 불길을 잡지 못했다.

그날 밤, 궁궐은 정적에 잠겼다.

빠르게 뛰던 맥이 마지막 불꽃처럼 사그라졌다.

삭맥, 불타는 몸의 경고등

장희빈의 집념, 연산군의 분노, 예종의 병세.

그들의 손목을 두드리던 빠른 맥은 경고였다.

"빠른 맥은 몸이 울리는 불길한 북소리다. 이 불을 다스리지 못하면, 결국 자신을 태운다."

지금 당신의 맥이 빠르고, 피로가 가시지 않으며, 가슴속 화가 타오른다면 역사의 경고를 기억하라.

"빠른 맥을 가진 자여, 몸과 마음의 불을 다스려라. 그렇지 않으면 불꽃은 꺼질 때까지 타오르리라."

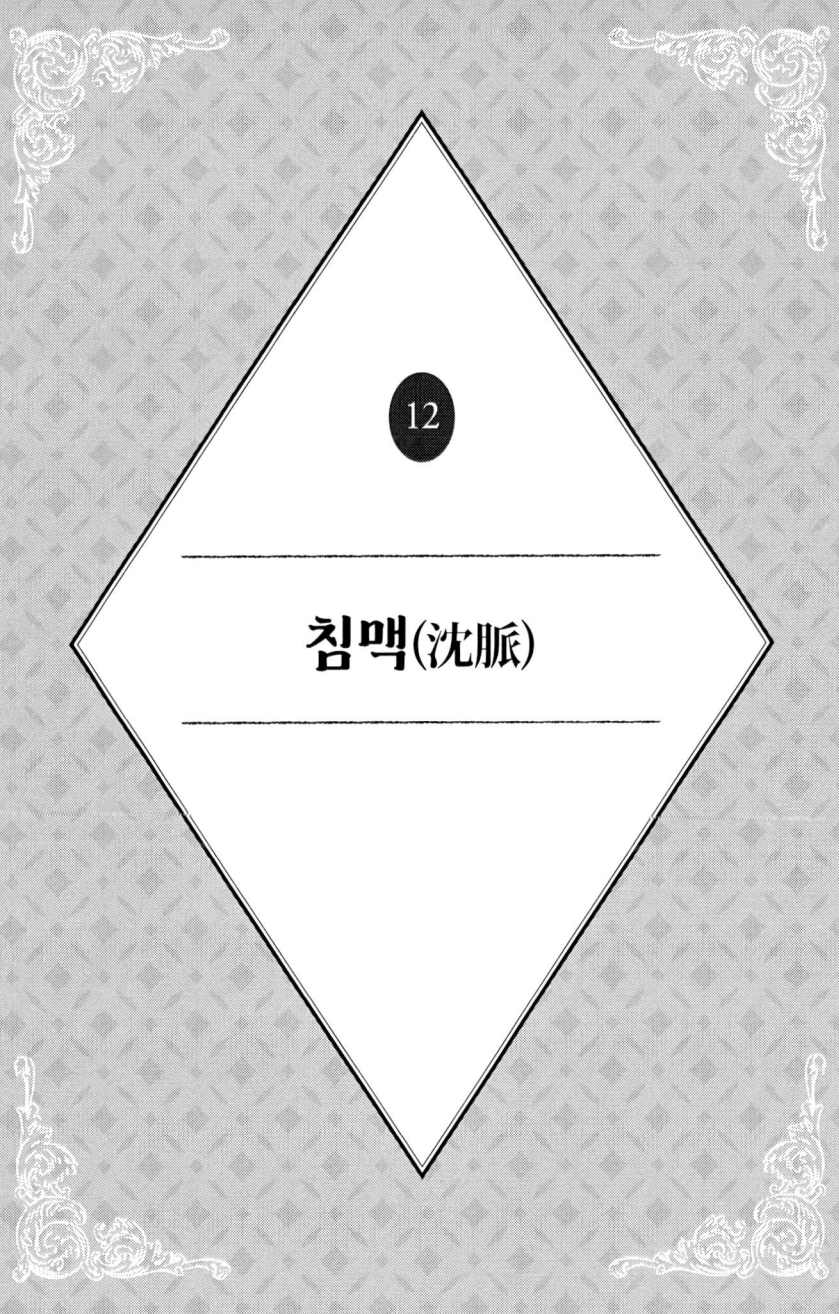

12

침맥(沈脈)

물 속 밑바닥까지 가라앉은 형상의 맥

침맥은 겨울 강바닥의 물처럼 느리게 흐른다.
손끝엔 잘 잡히지 않고, 깊이 눌러야 겨우 감지된다.
한기와 기혈의 정체를 말하는 조용한 맥.
그 맥은 역사 속에서 깊숙이 흐르고 있었다.

제1맥 — 태종 이방원, 권력의 무게에 눌린 맥
조선의 궁궐엔 늘 팽팽한 침묵과 냉기가 감돌았다.
태종 이방원, 철의 의지로 왕좌를 지킨 사내.
어의가 그의 손목을 깊이 눌렀다.
잠시의 침묵 끝에 낮은 목소리가 흘렀다.
"전하, 맥이 깊이 잠겨 있사옵니다. 과로와 한기가 기혈을 억누르고 있습니다."
태종은 눈을 감았다.
전쟁, 정치, 형제와의 피로 물든 싸움 그 모든 무게가 그의 어깨 위에 있었다.

"몸은 이미 알고 있었구나……."

침묵 속에, 침맥만이 느리게 흐르고 있었다.

제2맥 ― 명나라 가정제, 속세를 벗어나 가라앉은 맥

가정제嘉靖帝는 속세의 번잡을 등지고 도道에 몰두했다.

단식과 수도, 끝없는 명상으로 세상과 거리를 두었다.

그러나 세상과의 과도한 단절은 생명력을 서서히 잠식해 가고 있었다.

어의가 그의 손목을 눌렀다.

표면에선 아무 맥도 잡히지 않았다.

더 깊이, 더 아래로 그제야 맥이 겨우 걸렸다.

"전하, 침맥이옵니다. 몸이 너무 차고, 기운이 깊이 숨어 있습니다."

가정제는 웃으며 말했다.

"속세를 벗어나니, 더는 시끄러울 게 없구나."

맥은 점점 더 깊은 곳으로 숨고, 그의 생은 조용히 꺼져 가고 있었다.

제3맥 — 청나라 선통제, 제국과 함께 가라앉는 맥

청나라의 마지막 황제, 선통제宣統帝.

나라가 무너지듯, 그의 맥도 조용히 가라앉고 있었다.

어린 나이에 황위에 오른 그는 불안과 추위 속에서 자랐고, 몸은 늘 허약했다.

어의가 그의 손목을 짚었다.

맥은 제국의 끝을 알리듯, 깊고 느리게 뛰고 있었다.

"전하, 침맥이 이어지고 있습니다. 기혈이 억눌리고, 몸이 쇠약하옵니다."

바다 밑으로 가라앉는 난파선처럼 황제의 맥은 아래로 내려앉고 있었다.

제국의 명운과 그의 맥이 함께 가라앉고 있었다.

침맥, 몸이 건네는 조용한 청

태종의 과로, 가정제의 지나친 절제, 선통제의 쇠약.

삶의 모습은 달랐지만, 그들에겐 하나의 공통점이 있었다.

침맥은 단순한 한기의 징후가 아니다.

몸이 보낸 마지막 신호다.

깊이 잠긴 맥은 삶의 무게를 의미한다.

이제는 나를 돌보라는 무언의 외침이다.

오늘 당신의 맥이 깊이 잠겨 있다면,
따뜻한 생강차 한 잔과 쉼이 필요할지 모른다.
그 작은 신호를, 이제는 놓치지 말아야 한다.

13

현맥(弦脈)

팽팽하게 당겨져 있는
활시위와 같은 맥

현맥은 마치 활시위와 같다.

느슨함은 없고, 한순간도 풀리지 않는다.

그 맥을 지닌 자들의 삶은 늘 긴장과 압박 속에 놓여 있었다.

그들의 몸은 말없이, 삶의 무게를 지탱하고 있었다.

제1맥 — 연산군, 분노로 당겨진 활시위

궁궐의 새벽은 적막했고, 왕의 침전엔 불안이 감돌았다.

어의는 잠시 머뭇거리다 연산군의 손목에 손을 얹었다.

그 순간, 팽팽하게 치고 올라오는 맥이 느껴졌다.

길고 단단한 맥이 활시위처럼 당겨져 있었다.

"전하, 맥이 활처럼 당겨져 있사옵니다. 간기가 막혀, 분노가 안으로 솟구치고 있사옵니다."

연산군은 천천히 눈을 떴다.

냉소 어린 목소리가 흘렀다.

"분노라……. 다들 그렇게 말하더군. 허나 신하가 나를 속이고, 세상은 내 뜻을 외면하는데 어찌 마음을 풀 수 있겠는가."

깊은 밤까지 이어지는 연회도 그의 마음을 누그러뜨리지 못했고,

술과 여색도 그 맥을 풀지 못했다.

활시위 같은 현맥은, 폭풍전야와도 같았다.

제2맥 ― 명나라 가정제, 욕망을 누른 자의 맥

황궁 깊숙이, 가정제는 수행자의 방처럼 꾸민 침전에서 향을 피우고 있었다.

그는 도교에 몰두하며, 세속과 담을 쌓았다.

어의가 그의 맥을 짚었다.

예상 밖으로 긴장한 맥이 느껴졌다.

"전하, 억눌린 간기의 신호이옵니다. 수행과 절제가 지나쳐, 몸이 스스로를 옥죄고 있사옵니다."

가정제는 눈을 떴다.

"욕망을 버리면, 맥도 잦아들 줄 알았다. 허나 풀리기는커녕, 더 옥죄어 올 뿐이구나."

그의 입가에는 미소가 스쳤으나, 고독이 숨어 있었다.

그의 맥은 분노가 아니라, 억제된 욕망이 만들어 낸 맥이었다.

제3맥 — 청나라 도광제, 쇠락의 제국과 함께 긴장한 맥

제국의 황궁은 스산했다.

서양의 압박, 반란의 기운, 몰락해 가는 황실의 그림자.

도광제는 병풍 앞에 지도를 펼쳐놓고, 신음처럼 중얼거렸다.

어의가 그의 손목을 짚었다.

팽팽한 현맥이 손끝을 밀어냈다.

"전하, 맥이 팽팽하옵니다. 불안과 근심이 기혈을 막고 있사옵니다."

도광제는 말없이 창밖을 바라보았다.

잿빛 하늘 아래, 황궁은 침묵에 잠겨 있었다.

활시위는 여전히 당겨 있었지만, 쏠 힘은 사라져 있었다.

현맥, 긴장과 압박의 표식

연산군의 분노, 가정제의 절제, 도광제의 근심.

세 인물의 맥은 다른 이유로 팽팽했지만, 같은 메시지를 남겼다.

팽팽한 맥은, 몸과 마음이 쉬지 못하고 있다는 신호다.

그들의 현맥은 단순한 병의 징후가 아니었다.

권력과 욕망, 고독과 근심이 새긴 운명의 흔적이었다.

14

대맥(大脈)

크고 강하게 뛰는 맥

대맥大脈은 크고 무겁게 울린다.
손끝을 밀쳐 내는 그 맥은, 마치 멈추지 않는 거대한 엔진 같다.
힘이 넘치지만, 그 안엔 허약의 조짐이 숨겨져 있다.
대맥은 강한 자에게서만 나타난다.
하지만 그 힘은, 언젠가 대가를 치르게 한다.

제1맥 ― 당 태종 이세민, 멈추지 않는 맥, 멈추지 않는 제국

당 태종의 궁궐.

어의가 황제의 맥을 짚는 순간, 손끝에 묵직한 울림이 느껴졌다.

큰 물결처럼 느리되 강한 맥, 대맥이었다.

"폐하, 맥이 크고 힘이 넘칩니다. 허나 이 기세가 오래가면, 몸을 소모시킬까 두렵사옵니다."

태종은 멈추지 않았다. 지치지 않는 정복자였다.

밤낮없이 달렸고, 그의 몸엔 식지 않는 열이 타올랐다.
"제국은 내 몸과 함께 달린다. 내가 멈추면, 나라 역시 멈춘다."
그의 맥이 북처럼 울렸다.
제국의 심장에서, 묵직하고 장엄하게.

제2맥 ― 한 무제, 불타는 야망의 맥

한나라 무제는 밤에도 붓을 놓지 않았다.
전쟁과 개혁, 영토 확장에 쉴 틈이 없었다.
어의가 그의 맥을 짚었다.
뜨겁고 크며, 천천히 울리는 대맥이 손끝에 잡혔다.
"폐하, 몸이 열로 가득 차 있습니다. 잠시라도 쉬시지 않으면 이 불길이 폐하를 삼킬까 두렵습니다."
무제는 웃으며 말했다.
"내 몸을 제국을 위해 태우겠다."
그의 대맥大脈은 야망으로 달아오른 심장이었다.

제3맥 ― 조선 정조, 쉼 없이 뛰는 개혁의 맥

정조는 밤낮 없이 정사를 돌보며 개혁의 꿈을 그렸다.
어의가 손목을 짚자, 손끝에 크고 울리는 맥이 닿았다.

그의 의지가 맥으로 드러났다.

"전하, 맥이 크고 열로 가득합니다. 과한 정무에 기혈이 상하고 있사옵니다. 부디 잠시라도 쉬시옵소서."

정조는 말했다.

"나라를 바꿔야 하는데, 쉴 틈이 어디 있겠느냐."

개혁을 품은 군주의 이상이 맥에 고스란히 담겨 있었다.

대맥, 불타는 의지

대맥은 자신을 태워 시대를 바꾼 자들의 것이었다.

크게 울리는 맥은 불꽃처럼 산 삶의 증거다.

그러나 그런 심장은 오래 견디지 못하니, 끝내 몸이 먼저 스러진다.

15

허맥(虛脈)

은은하게 미동하다가
공허한 느낌을 주는 맥

허맥은 작고 희미하게 떨린다.

손끝을 피해 가는 그 맥은, 마치 꺼져 가는 불씨 같다.

기운은 빠져나갔고, 그 안엔 쇠약의 그림자가 드리워져 있다.

허맥은 지친 자에게서 나타난다.

그리고 그 맥은, 무너져 가는 몸의 예고다.

제1맥 ― 명나라 혜제, 무력한 황제의 맥

궁궐 뜰에 새벽안개가 내려앉았다.

어의는 조심스레 황제의 손목에 손을 얹었다.

스미듯 느껴지는 맥. 힘없이 미세하게 떨리다 이내 사라졌다.

"전하……. 맥이 허하옵니다. 기혈이 모두 소진되고 있사옵니다."

혜제惠帝는 눈을 감았다.

창백한 얼굴엔, 누적된 피로가 내려앉아 있었다.

보약이 날마다 올랐지만, 혜제의 몸은 좀처럼 나아지지 않았다.

권신들은 병약한 황제를 속으로 깔보았다.

허맥은 황제의 권위마저 흔들었다.

제2맥 — 조선 인종, 짧은 재위, 허맥의 군주

경복궁 침전. 어의들이 인종仁宗을 둘러싸고, 그의 손목을 짚었다.

맥은 공허했다. 바람 빠진 북처럼, 고요하고 힘없이 흔들렸다.

"전하, 맥이 지나치게 허하옵니다. 기운을 보충하셔야 합니다……."

인종은 미소 지었다. 얼굴은 수척했고, 생기를 찾을 수 없었다.

학문을 즐기고 인자했으나, 허맥의 왕은 재위를 8개월도 채우지 못했다.

조선은 그렇게 또 한 명의 성군을 보내야 했다.

제3맥 — 선통제, 공허한 맥, 스러지는 제국

자금성 깊숙한 방, 어린 황제는 긴장된 눈빛으로 신하들을 보았다.

어의가 짚은 맥은 가늘고 약하여, 금방이라도 끊어질 듯했다.

"폐하, 맥이 허합니다. 기혈이 쇠하여, 심신이 무너지고 있사옵니다."

황제의 서서히 말라 가는 몸과 함께 제국도 몰락하고 있었다. 공허한 허맥은 마치 청 제국의 운명과도 같았다.

제4맥 — 광서제, 쇠약한 맥 위의 제국

광서제光緖帝는 방 안에 감금된 채, 희미한 등불을 조용히 바라보았다. 어의는 맥에서 기운을 느낄 수 없었다.

손끝에 잡히는 맥은 세약細弱했고, 얼굴에는 지친 기색이 역력했다.

"폐하, 기혈이 쇠약하고, 장부가 많이 상하였사옵니다. 이대로는 몸이 버티기 어렵사옵니다."

보약을 복용하려 했으나 서태후의 감시로 치료는 요원했다. 차갑게 식어 가는 손과 발, 설태가 희고, 맥은 마치 사라질 듯 가늘게 뛰었다.

1908년, 광서제는 숨을 거두었다. 훗날 발굴된 유해에서 비소가 검출되었다.

그러나 황제의 명은 이미 전부터 희미해지고 있었다.

허맥, 쇠락의 서장

혜제의 무력, 인종의 병약, 광서제와 선통제의 쇠약.

허맥은 몸만이 아니라 나라의 근간도 흔들었다.

공허한 허맥은 한 사람의 병을 넘어, 권력과 제국의 몰락을 알리는 징후였다.

16

긴맥(緊脈)

팽팽히 당겨져 있는
밧줄과 같은 맥

긴맥緊脈은 팽팽히 당겨진 밧줄이다.

손끝에서 느껴지는 그 긴장은 차갑고 단단하다.

한기와 통증, 극심한 압박이 몸속 깊이 스며든다.

긴맥은 혹독한 삶을 견디는 자에게서 나타난다.

추위 속에서도 버티고, 두려움 속에서도 멈추지 않는 사람.

그의 맥은 결코 느슨하지 않다.

긴맥은 삶에 대한 처절한 의지가, 운명을 당기는 팽팽한 끈이다.

제1맥 ― 이순신 장군, 맥으로 드러난 결의

1597년, 한산도에 찬바람이 몰아쳤다.

의원은 장군의 맥을 짚고 놀라움을 감추지 못했다.

"맥이 밧줄처럼 팽팽합니다. 한기와 극심한 압박감으로 심신이 얼어붙었습니다."

수없는 전투, 끝없는 전란, 그리고 살을 에는 바닷바람 속에서

장군의 맥은 단 한순간도 느슨해지지 않았다.

그것은 냉정한 결의였고, 결코 무너지지 않겠다는 의지였다.

제2맥 — 고려 말 공민왕, 옥죄는 정국, 조여진 맥

원나라의 간섭, 홍건적의 침입, 암살의 위협.

공민왕의 궁궐엔 늘 싸늘한 기운이 맴돌았다.

어의가 맥을 짚자, 단단히 조여진 긴맥이 손끝에 전해졌다.

"전하, 찬기와 근심이 폐하를 옥죄고 있습니다."

공민왕의 맥엔 개혁의 뜻을 품은 왕의 긴장과 고뇌가 맺혀 있었다.

제3맥 — 청나라 옹정제, 완벽주의가 남긴 맥

옹정제는 새벽부터 밤까지 정무를 손에서 놓지 않았다.

긴장과 피로, 냉한 체질이 맥을 밧줄처럼 조였다.

"폐하의 맥이 지나치게 팽팽하옵니다. 몸이 쉬지 못하고 있사옵니다."

긴맥은 황제의 완벽주의와 철저함의 증표였다.

긴맥, 몸과 마음을 조이는 맥

이순신의 결의, 공민왕의 불안, 옹정제의 완벽주의. 긴맥은 몸의 한기寒氣와 내면의 긴장을 함께 품은 맥이었다.

몸의 냉기와 마음의 긴장을 내려놓지 않으면, 긴맥은 점점 더 조여든다.

17

활맥(滑脈)

구슬처럼 둥글게 미끄러운 맥

활맥은 구슬이 비단 위를 구르듯 부드럽게 이어진다.
그러나 그 너머엔 습담濕痰과 막힌 혈, 무절제한 생활이 남긴 그늘이 있다.
역사 속 군주들 중에도 활맥을 지닌 이들이 있었다.
그들의 맥은 향락과 무절제, 그리고 약한 몸을 대변했다.

제1맥 — 명나라 무종, 향락에 젖은 맥

어의의 손끝에 닿은 맥은 미끄러웠다.
탐식과 향락에 젖은 무종의 일상이 그대로 맥에 담겨 있었다.
"전하, 활맥이옵니다. 습담이 쌓여 기혈이 흐르지 않사옵니다."
무종은 듣지 않고 술잔을 들었다. 그날 밤 역시 연회가 이어졌다.
그의 몸속엔 오래된 병이 이미 깊이 뿌리내리고 있었다.

제2맥 — 청나라 건륭제, 장수의 그림자, 습담

장수한 황제 건륭제도 예외는 아니었다. 진귀한 수라가 그의 입을 즐겁게 했고, 맥은 점점 부드럽고 무겁게 가라앉았다.

"폐하, 맥이 활하옵니다. 습담이 과하니, 절제하셔야 하옵니다."

건륭제는 절제 대신 예술과 풍류를 택했다.

그는 오래 살았지만, 활맥은 말년에 그의 몸에 그늘을 드리웠다.

제3맥 — 조선 명종, 허약한 활맥의 왕

조선 명종은 선천적으로 병약해 위장 질환이 잦았다.

어의의 손끝에 잡힌 맥은 부드럽고 미끄러졌으며, 힘이 없었다.

"전하, 비위가 허하여 습이 쌓이고 있사옵니다. 비위를 보하는 약이 시급하옵니다."

명종은 끝내 병의 기운을 떨치지 못한 채, 짧은 생을 마감했다.

활맥, 삶이 스민 맥

무종의 향락, 건륭제의 풍류, 명종의 허약함.

활맥은 단순한 병리적 현상이 아니었다.

그것은 오랜 세월 쌓인 습관과 체질, 그들이 살아온 방식이 몸속 깊은 곳에 남긴 기록이었다.

겉으로는 부드럽고 연속적인 맥일지라도, 그 안엔 정체된 기운과 흐르지 못한 혈들이 응어리처럼 자리하고 있었다.

18

홍맥(洪脈)

홍수 물결처럼 강했다가
점점 약해지는 맥

홍맥洪脈은 세상을 집어삼킬 듯 거세게 뛰다가, 순식간에 사라지는 물결 같다.

이 맥을 지닌 이들은 뜨겁게 살았고, 강렬했으며, 끝내 그 뜨거움에 자신을 태웠다.

역사의 어느 날, 군주들의 손목 위에 그 뜨거운 맥이 뛰고 있었다.

제1맥 — 명나라 성화제, 욕망에 넘쳐흐른 맥

성화제의 궁궐은 밤낮이 없었다.

술과 향락, 그리고 지나친 방사로 황제의 몸은 날로 기운을 잃어 갔다. 어의가 그의 맥을 짚자, 거센 물결 같은 맥이 손끝을 때렸다.

"폐하, 홍맥이옵니다. 열이 치솟아 몸이 스스로를 태우고 있사옵니다."

성화제는 웃으며 말했다.

"이 뜨거운 피가 흐르기에, 내가 살아 있음을 느낀다."

그러나 그 열정은 오래가지 못했다. 황제의 몸은 점점 더 쇠약해졌고, 그의 홍맥은 삶의 불꽃처럼 서서히 사그라졌다.

제2맥 ― 청나라 가경제, 내면의 불에 탄 황제

청나라 가경제는 분노와 집착이 깊은 황제였다. 궁중 정적에 대한 의심과 분노는 그의 몸속에서 불처럼 타올랐다.

어의는 그의 손목에서 홍맥을 느꼈다.

"폐하, 열이 넘치고 있사옵니다. 노화怒火가 간과 심장을 사르고 있사옵니다."

그러나 가경제는 한참을 침묵하다가 이렇게 말했다.

"내 안의 불이 꺼지면, 저들은 날 삼킬 것이다."

그 말대로, 그의 몸은 분노의 열기 속에서 천천히 스러져 갔다.

제3맥 ― 조선 선조, 전란으로 타오르는 맥

임진왜란의 소용돌이 속에서, 선조는 불면과 불안을 안고 살아야 했다.

어의가 짚은 맥은 한순간 강하게 뛰었다가, 이내 자취를 감추는 듯한 홍맥이었다.

"전하, 심신이 불안하여 화가 치솟고 있사옵니다. 잠시라도 몸을 쉬셔야 하옵니다."

전쟁은 멈추지 않았고, 선조의 홍맥도 식을 줄 몰랐다.

임금의 맥이 타오르듯, 조선도 전쟁 속에서 불타고 있었다.

홍맥, 뜨거운 맥이 말해 주는 것

성화제의 향락, 가경제의 분노, 선조의 불안.

세 황제의 삶은 서로 달랐지만, 그들의 손목에서 짚인 맥은 하나같이 뜨겁고 거칠었다.

그 맥은 한순간 세상을 삼킬 듯 요동치다가, 어느 순간 스러지는 불꽃처럼 꺼져 갔다.

강렬한 불꽃은 세상을 밝히지만, 오래 타오르지 못한다.

그 불꽃은 화려했고, 뜨거웠으며, 결국엔 그들을 갉아먹었다.

홍맥은 단지 열이 넘치는 병리적 징후가 아니었다.

그것은 억제되지 않은 감정, 절제 없는 습관, 끝없이 고조된 긴장이 몸속에 남긴 흔적이었다.

19

약맥(弱脈)

부드럽고 가늘어서
힘을 주고 눌러야 느껴지는 맥

약맥弱脈은 바람에 흔들리는 작은 등불 같다.

금세 꺼질 듯 위태롭고, 가늘고 느리며, 손끝으로 간신히 느껴질 만큼 약하다.

그 맥은 몸이 쇠하고 기운이 다했을 때 나타난다.

병이 깊거나, 노쇠가 찾아오거나, 삶의 끝이 가까워질 때 맥은 점점 작아지고 멀어진다.

역사의 어떤 순간들, 몇몇 인물의 맥에는 그 약함은 이미 드러나고 있었다.

제1맥 ― 조선 인종, 짧게 흐른 허약한 맥

조선 인종仁宗은 학문을 아끼고 인품이 온화한 군주였지만, 태생부터 몸이 약했다.

그의 맥은 가늘었고, 손끝에 겨우 잡혔다.

"전하, 맥이 끊어질 듯 약하옵니다. 기혈이 바닥나, 위중하신

상태이옵니다."

인종은 조용히 숨을 고르며 말했다.

"병석에 누운 채, 선왕들을 뵐 낯이 없구나. 나라의 맥이 끊이진 않을지 마음이 놓이지 않는다."

얼마 뒤, 인종은 승하했고 그의 재위는 고작 8개월에 불과했다.

제2맥 ― 청나라 광서제, 꺼져 가는 맥, 쇠락하는 제국

광서제光緒帝는 어려서부터 병약했다.

서태후의 정치적 압박과 잦은 병치레는 그의 기력을 점점 바닥나게 만들었다.

어의는 맥을 짚고, 깊은 한숨을 내쉬었다.

"폐하, 맥이 약하옵니다. 기혈이 거의 쇠하여, 더는 버티기 어려우실까 두렵사옵니다."

광서제는 이미 서태후에게 실권을 빼앗긴 뒤였다.

정사의 중심에서 밀려난 채, 병약한 몸은 점점 더 기력을 잃어 갔다.

그의 건강이 무너져갈수록, 제국의 숨결도 함께 약해져 갔다.

약맥은 가늘게 흘렀고, 청은 그와 함께 쇠락의 끝을 향해 나아갔다.

제3맥 — 명나라 혜제, 무력한 황제의 맥

명나라 태조 주원장의 뒤를 이은 혜제惠帝는 어린 나이에 즉위한 군주였다.

그의 곁에는 강한 외척과 대신들이 있었고, 정국은 혼란스러웠다.

스스로 결정을 내리기엔 권위도 경험도 부족했고, 그의 존재는 점점 궁궐 안에서도 희미해져 갔다.

몸 또한 허약했다. 맥은 가늘고 힘없이 뛰었고, 어의들은 고개를 숙이며 말했다.

"폐하, 맥이 약하옵니다. 기혈이 다하여, 버티시긴 어려울 듯하옵니다."

그 미약한 맥은 군주의 몸만이 아니라, 제국의 통치력마저 흔들리고 있음을 말해 주고 있었다.

약맥, 기운이 다한 자들의 초상

인종의 단명, 광서제의 쇠락, 혜제의 무력.

세 인물의 약맥은 하나의 사실을 조용히 말하고 있었다.

"약맥은 몸의 기초 에너지가 바닥났다는 경고다."

그 맥은 단순한 병증의 표현이 아니었다.

기혈이 빠져나간 몸, 흔들리는 정신, 무너져 가는 의지.

약맥은 그 모든 쇠약함이 몸속 깊은 곳에 새겨진 결과였다.

세 군주는 각기 다른 시대를 살았지만, 손목 아래에 드러난 맥은 닮아 있었다.

그것은 기운이 다한 자에게서만 느껴지는, 마지막의 떨림이었다.

한 시대의 끝자락에서, 그들의 약맥은 조용히 사라지는 생애의 초상이었다.

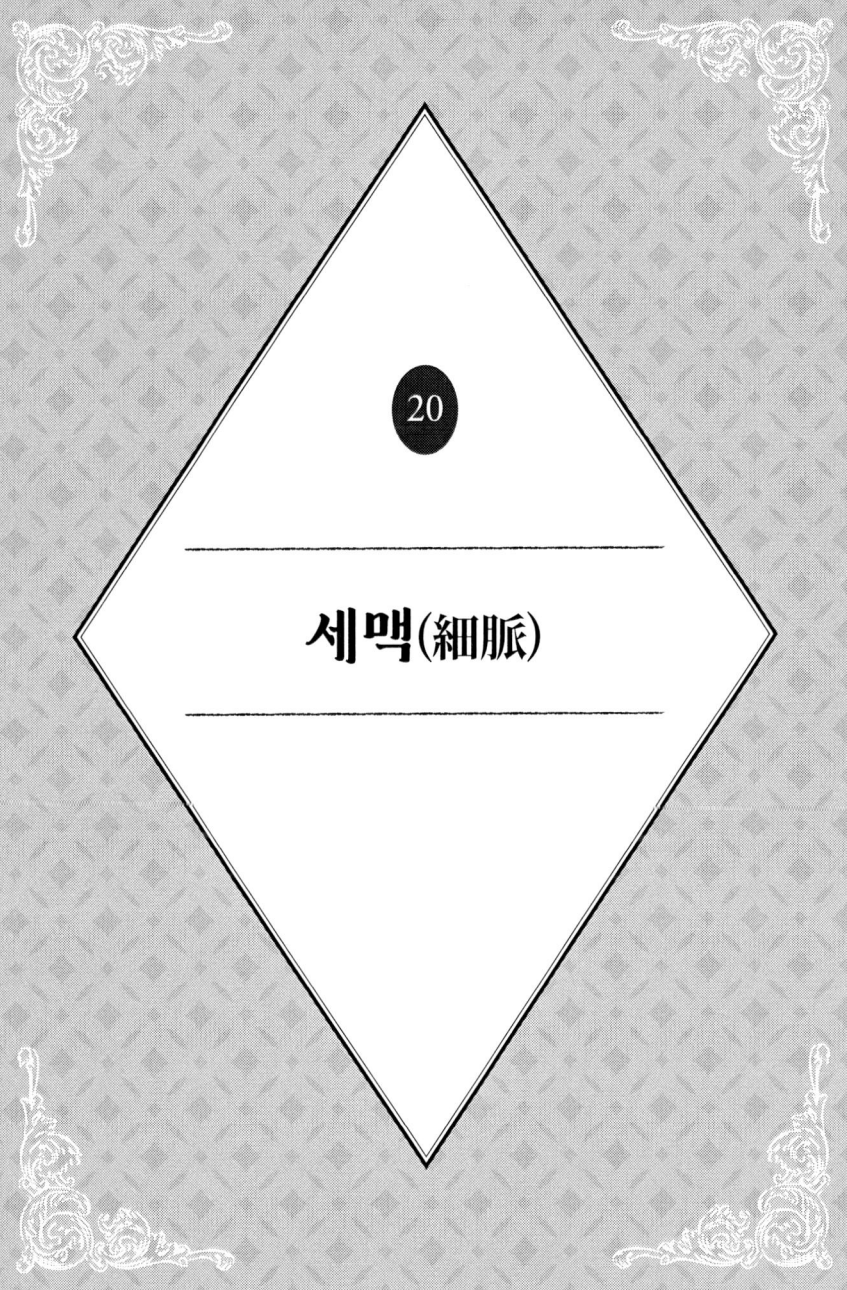

20

세맥(細脈)

실처럼 가는 맥

세맥은 실오라기처럼 가늘고, 언제라도 끊어질 듯 미약하다.

손끝에 겨우 닿을 만큼 약하고, 그 흐름은 조용하며 불안정하다.

기운이 빠져나간 몸, 깊은 병, 오래된 피로가 이 맥에 스며든다.

왕이 짊어진 책임과 불안, 쌓인 피로는 그 가는 맥줄기에 고스란히 담긴다.

제1맥 — 조선 영조, 세맥이지만 장수한 왕

왕위에 올랐을 때, 영조는 이미 50을 훌쩍 넘기고 있었다.

그는 정사를 돌보는 와중에도, 언제나 자신의 맥을 의식했다.

"오늘은 맥이 미세하고, 자꾸 끊기는구나."

영조는 손목을 짚으며 조용히 중얼거렸다.

곁에 있던 어의 홍봉한이 조심스레 고개를 숙였다.

"전하, 세맥이옵니다. 이는 과로와 근심의 탓이오니, 심신을 편히 쉬시면 차차 회복되실 것이옵니다."

그러나 영조는 고개를 저었다.

"이 맥이 쉬어선 돌아올 기운이 아니지."

그는 단호히 말했다.

"보약을 더하라. 오늘 밤은 두 첩을 쓰도록 하라."

영조는 타고난 체력이 강한 편은 아니었다.

세맥이 뛰는 몸이었지만, 그는 평생 자신의 몸을 다스리며 살아갔다.

끊임없는 절제와 관리 속에서, 약한 맥을 안고도 끝내 장수를 이루었다.

제2맥 — 조선 문종, 꺼진 맥, 미완의 꿈

조선 제5대 임금 문종은 세종대왕의 뒤를 이어 왕위에 올랐지만, 불과 2년 3개월밖에 통치하지 못한 비운의 군주였다.

그의 치세는 아버지의 큰 그림을 이어 가려는 책임감 속에서도, 병약함으로 점점 흔들렸다.

그의 침전에는 늘 약재 냄새가 가득했고, 곁에는 언제나 어의들이 대기하고 있었다.

어의가 맥을 짚으며 낮은 목소리로 말했다.

"폐하, 맥이 세하고 허하옵니다. 기혈이 이미 바닥을 향하고 있사옵니다."

문종은 힘겹게 숨을 삼키며 말했다.

"나라를 위해 해야 할 일이 많은데, 이 몸이 따라주질 않는구나."

그의 맥은 끝내 뜻을 다 펼치지 못한 한 군주의 안타까운 흔적이었다.

제3맥 ― 청나라 선통제 푸이, 허약한 맥, 무너지는 시대

1908년, 겨우 두 살 어린 아이가 황제가 되었다.

내의원의 어의들에겐 매일 그의 건강 기록이 그의 존재를 증명하는 유일한 증표였다.

"황상, 오늘 맥은 허虛, 기허, 식욕은 양호하나 기운이 부족하옵니다."

푸이는 자라면서 늘 허약했다. 차갑고 긴장된 궁궐 속에서 비위는 쉽게 무너졌고 병마는 자주 드리웠다. 성인이 된 그는 회고했다.

"내 맥은 평생 가늘고 약했다. 몸은 늘 차고, 손발이 시렸다. 황제라 해도 이 몸을 바꿀 수는 없었지."

그의 세맥은 기울어 가는 제국의 숨결처럼 가늘고 희미해졌다.

세맥, 허약함 너머의 기록

세맥은 가늘고, 불안정하다.

영조는 약한 맥을 안고도 절제와 집착으로 긴 생을 버텼다.문종은 군주로서의 자질을 지녔지만, 뜻을 펼치지 못한 채 짧은 생을 마쳤다.

푸이의 맥은 그의 허약한 몸을 넘어, 무너져 가는 청황실의 운명을 함께 드러내고 있었다.

세맥은 단지 허약함의 징후가 아니라, 군주들의 삶과 시대의 명운을 함께 품고 있었다.

21

복맥(伏脈)

깊이 가라앉아 있어
무겁게 눌러야 잡히는 맥

복맥伏脈은 깊숙이 숨는다. 땅속에 묻힌 듯 잠겨 있어, 손끝으로 찾아지지 않는다.

그 흐름은 조용하고 은밀하며, 병은 속에서 자란다.

드러나지 않는 통증, 말없이 스며든 한기, 오래 묵은 고통이 그 맥 속에 응어리처럼 남는다.

왕의 마음속에 쌓인 불안과 억눌린 감정, 겉으로 드러낼 수 없는 긴장이 그 맥에 조용히 배어든다.

제1맥 — 조선 태종, 맥 깊숙이 흐르는 고독과 경계심

태종 이방원은 냉철하고 치밀한 군주였다.

그는 조선의 왕권을 확립하기 위해 끊임없이 긴장하며 살아야 했다.

내의원 어의가 태종의 맥을 짚자, 미묘한 정적이 흘렀다.

"전하, 맥이 깊이 숨어 있사옵니다. 복맥이옵니다."

태종은 잠시 침묵한 뒤 차갑게 마주보며 물었다.

"그렇다면 내 몸 안 깊은 곳에 한기가 깃들어 있다는 말인가?"

그는 밤마다 갑옷을 벗지 않은 장수처럼 긴장했고, 살 속에 맴도는 한기는 차츰 깊어져 갔다.

복맥은 그의 고독한 통치, 냉정함, 끝없는 경계심을 닮아 있었다.

제2맥 — 명나라 가정제, 초월을 꿈꾼 황제

가정제嘉靖帝는 황제임에도 불로장생을 꿈꿨고, 도교의 내단內丹 수련과 금식으로 자신의 육신을 혹사했다.

어의들은 그의 맥을 짚을 때마다 한결같이 말했다.

"폐하, 맥이 깊숙이 숨어 있사옵니다. 복맥이옵니다. 기혈이 허하고 한기가 깊이 들었사옵니다."

가정제는 태연히 미소 지으며 답했다

"내 육신은 허약하더라도, 도의는 천지와 통하리라."

복맥은 단순한 병의 징후가 아니었다.

그것은 육체의 쇠약과 이어진 수련에 대한 집착, 그리고 불로장생을 향한 무모한 욕망을 담고 있었다.

여전히 수련하듯 몸을 다스렸지만, 그 맥은 갈수록 깊고 보이지 않게 숨어들었다.

결국 육체는 스스로를 갉아먹은 채 생을 마감했다.

제3맥 — 청나라 도광제, 숨은 맥, 움추러 드는 제국

도광제道光帝는 검소하고 근면했지만, 평생 병약한 체질을 벗어나지 못했다.

차가운 기운에 자주 시달렸고, 몸은 늘 움츠러들어 있었다.

어의가 그의 맥을 짚을 때마다, 손끝에는 조용한 정적이 이어졌다.

"전하, 맥이 깊이 숨어 있습니다. 복맥이옵니다. 한기가 깊이 침입했고, 비위가 심히 약해졌사옵니다."

도광제는 조용히 고개를 숙였다.

"내 맥이 이리도 깊이 잠긴 것은, 기울어 가는 제국의 운명을 닮아서일까."

제국이 서서히 기울어 가듯, 그의 몸 또한 안으로 움츠러들었다.

그 맥은 차갑고 깊게 움푹 숨어 있었다.

복맥, 시대를 압축한 조용한 맥

복맥은 깊은 곳에서 숨어 흐른다.

손끝에 닿지 않지만, 분명히 존재하는 맥.

태종의 맥은 경계심으로 단단히 닫힌 통치자의 내면이었다.

가정제의 맥은 육신을 갉아먹으며 끝없이 도를 좇은 황제의 집착이었다.

도광제의 맥은 제국의 기울어진 운명과 함께 안으로 움츠러든 황제의 흔적이었다.

그 맥은 언제나, 겉으로는 조용했다. 그러나 그 안에는 차가운 냉철함, 초월에 대한 집착, 쇠락의 기운이 고요히 흐르고 있었다.

22

단맥(短脈)

본래의 맥보다 위치가 짧은 맥

단맥短脈은 짧고 팽팽하다.

마치 막힌 숨결처럼, 짧고 빠듯하다.

기혈의 흐름이 조급하고, 폐와 심장의 기운은 이미 쇠약하다.

그 맥을 가진 이들은 늘 가슴이 조이고, 짧은 숨으로 하루하루를 버텨야 했다.

단맥은 압박 속에 몰린 내면의 긴장, 감당할 수 없는 책임과 불안을 품은 맥이었다.

제1맥 — 조선 문종, 짧은 맥, 짧은 재위

문종은 학문을 숭상하고 품성이 온화했지만, 태생부터 병약한 체질이었다.

즉위 2년 만인 1452년 6월 10일, 37의 나이로 승하했다.

어의는 문종의 맥을 짚고 중얼거렸다.

"전하의 맥이 짧아, 기혈의 흐름이 막히고, 폐와 심장에도 기운이 돌지 않고 있사옵니다. 옥체를 보전하셔야 합니다."

문종이 낮게 말했다.

"이 몸도 오래 못 가겠구나……. 세자가 걱정이다."

맥은 짧았고, 생도 짧았다. 조선의 왕좌는 끝내 세조의 손에 넘어갔다.

제2맥 ― 명나라 홍치제, 여유 없는 성군

홍치제弘治帝는 청렴하고 근면한 군주였다.

그러나 그 성실함이 곧 과로와 스트레스로 돌아왔고, 허약한 그의 몸은 서서히 무너져 갔다.

어의가 맥을 짚고 말했다.

"폐하의 맥이 짧고 약하옵니다. 피로와 과중한 국정으로 기혈이 많이 상하셨습니다."

홍치제는 어의의 경고를 대수롭지 않게 흘렸으나, 이미 몸은 한계에 다다르고 있었다.

짧고 가느다란 단맥이 피로와 과중한 국정을 견디지 못하는 몸의 신호였다.

제3맥 ― 청나라 함풍제, 흔들리는 맥, 위태로운 제국

함풍제咸豊帝는 무거운 제국의 짐을 홀로 지고 있었다.

태평천국의 난과 외세의 침략은 청의 위기를 가속화했다. 제국이 흔들릴수록 황제의 맥도 점점 짧아져 갔다.

어의가 맥을 짚고 말했다.

"폐하의 맥이 짧고 가늡니다. 단맥이옵니다."

황제는 낮게 읊조렸다.

"이 맥으로, 무엇을 더 견딜 수 있겠느냐……."

그의 단맥은 제국의 끝자락처럼 가늘고 불안정했다.

단맥, 무너짐의 시작

단맥은 짧고, 팽팽하다.

문종은 그 짧은 맥 위에서 뜻을 펼치지 못한 채 스러졌다. 홍치제는 지친 몸으로 단맥을 안은 채, 국정을 떠맡았다.

함풍제는 무너지는 제국과 함께 그 맥을 잃어 갔다.

단맥은 무너짐이 시작되는 자리마다 어김없이 있었다.

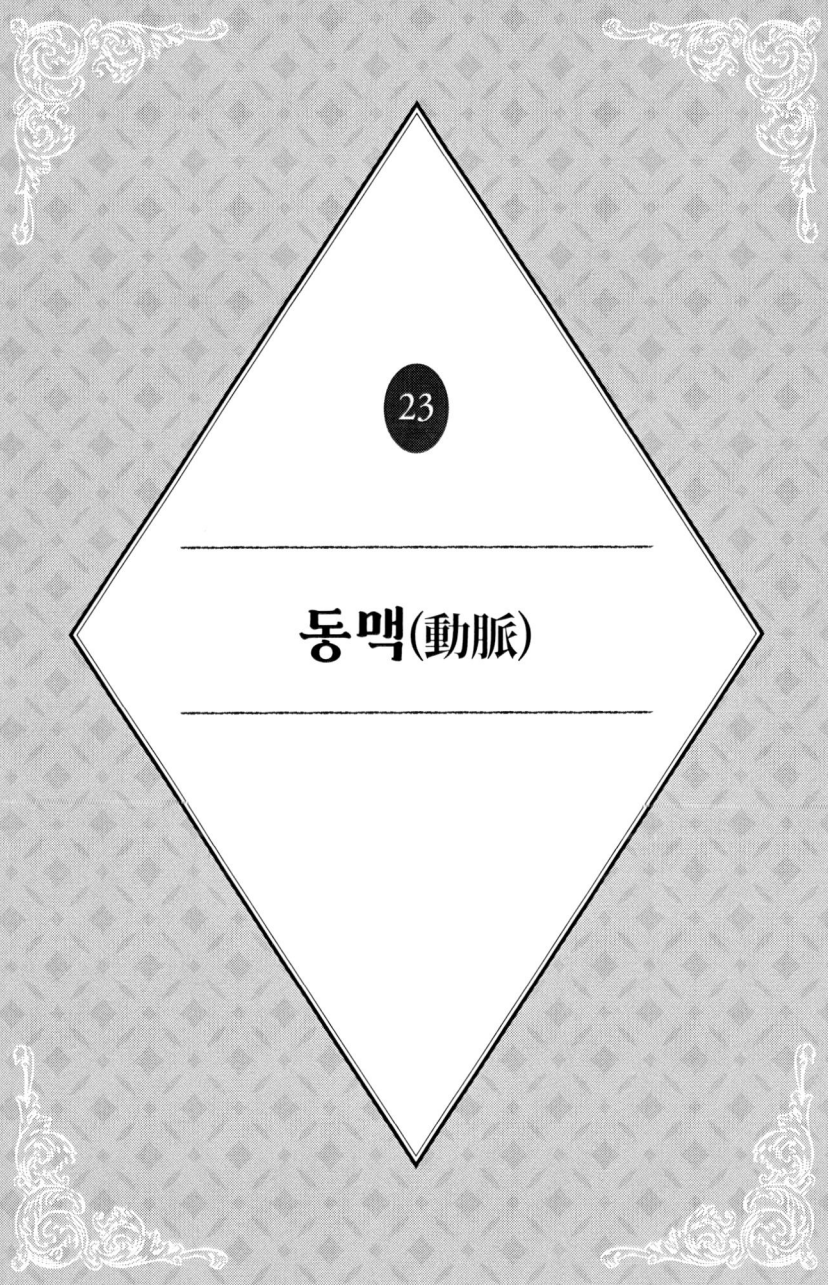

콩알만 한 것이 거슬러 뛰어오르듯 움직이는 맥

동맥動脈은 빠르고 불규칙하다.

마치 제자리에서 솟구치는 맥처럼, 들뜬 기운이 가라앉지 않는다.

맥은 겉돌고, 심장은 쉴 틈 없이 달린다.

기운이 모이지 않고 흩어지며, 몸은 과도한 에너지에 휘청인다.

동맥을 가진 이들은 마음을 다잡지 못한 채, 불안한 속도로 감정을 소진해 갔다.

조절되지 않는 긴장과, 방향 없는 분출이 맥 속에 뒤엉켜 있었다.

제1맥 — 조선 명종, 이름뿐인 왕좌, 불안한 맥

명종은 열두 살에 왕위에 올랐다.

어린 나이에 군왕이 되었지만, 정치는 문정왕후의 손 안에 있었다.

허울뿐인 왕좌에서, 그는 늘 긴장 속에 살아야 했다.

어의는 명종의 손목을 짚고 말했다.

"전하, 맥이 짧고 빠르며, 흩어지지 않고 한 지점에서 불안히 뛰고 있사옵니다. 동맥이옵니다. 마음을 편히 하셔야 하옵니다."

명종은 씁쓸히 웃으며 말했다.

"마음을 놓을 자리가 없구나."

동맥은 어린 군주의 불안과, 드러내지 못한 울분을 품은 맥이었다.

제2맥 ― 청나라 광서제, 속으로 삭히는 울분, 날뛰는 맥

광서제는 변법자강 실패 후, 서태후에게 실권을 빼앗기고 유폐된 삶을 살았다.

정치는 손에서 떠났고, 그의 몸은 불안과 긴장 속에 서서히 무너져 갔다.

진맥하던 어의가 조심스레 말했다.

"폐하의 맥이 마치 작은 공처럼, 한곳에서 불안히 뛰고 있사옵니다. 동맥이옵니다. 심신의 불안이 그대로 맥에 드러나고 있나이다."

동맥은 광서제의 삭힌 울분과, 타들어가는 속을 드러낸 맥이었다.

제3맥 — 한나라 영제, 조종당하는 황제의 들뜬 맥

한나라 영제는 정사를 돌보지 않고, 향락에 빠진 군주였다.

정치는 환관의 손에 넘어갔고, 그는 꼭두각시에 불과했다.

겉으로는 태평한 척했지만, 몸은 늘 불안에 시달리고 있었다.

어의는 기록에 남겼다.

"황상의 맥이 빠르고 짧으며, 한곳에서만 불안히 뛴다. 동맥이다. 마음이 편치 못해, 심신이 끊임없이 요동치고 있다."

흔들리는 정국으로 인해 마음은 어지러워졌고.

그 불안은 그대로 맥으로 나타났다.

동맥, 삭인 울분이 끝내 드러난 맥

동맥은 가라앉지 못한 맥이다.

들뜬 기운은 안으로 머물지 못하고, 몸을 맴돌다 맥으로 나타난다.

명종의 어린 불안은 말없이 뛰었고, 광서제의 삭힌 울분은 속에서 요동쳤다.

영제의 초조는 겉으로는 드러나지 않았지만, 끊임없이 맥을 두드렸다.

마음대로 움직일 수 없는 자들의 답답한 마음이, 맥으로 고스란히 드러나 있었다.

혁맥(革脈)

북의 가죽 부분을 누르는 듯한 맥

혁맥革脈은 텅 비었으나 팽팽하다.

겉은 단단하게 울리지만, 속은 비어 있다.

기혈은 마르고, 몸속 깊은 곳에서는 위태로운 떨림만 남아 있다.

혁맥은 무너짐을 인지한 자의 마지막 긴장, 사라지기 직전의 북소리처럼 울리는 맥이다.

제1맥 — 조선 인종, 꺼지기 전 울리는 맥

인종은 학문을 사랑하고 온화한 성품을 지녔지만, 병약한 몸으로 왕좌에 올랐다.

즉위 후 불과 여덟 달, 그의 몸은 피로와 허약 속에서 서서히 꺼져 갔다.

그의 맥은 공허하고 팽팽했다.

마치 비어 있는 북처럼, 단단히 울리되 중심은 없었다.

혁맥은 이미 기혈이 빠져나간 자에게 남은 텅 빈 울림이었다.

제2맥 ― 명나라 건문제, 무력한 황제의 맥

건문제는 성품이 온화했지만, 결단력이 부족하고 정치에 약했다.

그는 조부 홍무제가 없앤 대신 제도를 되살리고, 신하들과 정치를 논의하려 했다.

하지만 스스로 판단하고 밀어붙이는 힘은 약했다.

즉위 후, 지방을 다스리던 황족 왕자들의 권한을 줄이려 하자 반발이 일었고, 결국 내전이 벌어졌다.

제국은 혼란에 빠졌고, 황제의 권위도 흔들렸다.

건문제의 맥은 '혁맥'이었다. 겉은 단단하지만 속은 텅 빈, 북가죽 같은 맥.

그의 몸처럼, 나라의 중심도 텅 비어 있었다.

혁맥은 황제의 무기력과 제국의 불안을 함께 보여 주는 징후였다.

제3맥 ― 청나라 광서제, 바람 빠진 제국의 맥

청나라 광서제는 늘 긴장 속에 살았다.

병약한 몸, 서태후의 정치적 억압, 쇠락하는 제국의 현실이 그를 짓눌렀다.

그의 진맥 기록에는 이렇게 적혀 있다.

"맥이 혁革과 같고, 기혈이 소모되었으며, 허한 가운데 위태로움이 보인다."

광서제의 맥은 제국처럼 텅 비어 있었다.

그 맥은 바람 빠진 북처럼, 힘없이 울렸다.

혁맥, 껍데기만 남은 울림

혁맥은, 허약해진 몸과 흔들리는 권세가 남긴 맥이다.

기혈은 빠져나가고, 중심은 없다.

겉은 팽팽하나 안은 비었다.

인종의 허약한 몸, 건문제의 흔들리는 통치, 광서제의 무력한 저항.

그들의 맥은 북처럼 울렸지만, 그 속은 이미 공허했다.

혁맥은, 껍데기만 남은 힘이 울리는 소리였다.

25

규맥(芤脈)

가운데가 비어 있고 옆은 실하여
파를 만지는 듯한 맥

규맥芤脈은 속이 빈 맥이다.

겉은 가볍게 뛰지만, 기혈이 중심까지 스며들지 못한다.

빈 줄기를 타고 흐르는 바람처럼, 맥은 떠 있고, 안은 비어 있다.

기운은 퍼지지 않고, 혈은 속에 닿지 않는다.

규맥은 속은 비고 껍데기만 남은 몸 상태를 나타내는 신호다.

제1맥 — 한나라 헌제, 무너지는 왕조의 비어 있는 맥

한나라의 마지막 황제 헌제獻帝는 189년 어린 나이에 즉위하였고, 정권을 장악한 동탁과 조조 같은 권신들의 꼭두각시로 전락했다.

두려움과 스트레스, 영양 부족 속에서 육체는 점점 쇠약해졌고, 실질적인 권력은 점차 사라졌다.

어의의 기록에는 이렇게 남아 있다.

"맥이 규芤하니, 겉은 있으나 속은 비어 있도다. 기혈은 돌고 있으나, 그 뿌리는 이미 허하도다."

규맥은 개인의 병뿐 아니라, 한 왕조 자체의 몰락을 고하는 맥이었다.

제2맥 — 조선 인종, 속빈 맥, 짧은 재위

조선 인종仁宗은 학문을 좋아하고 성품이 온화했으나, 체질이 허약했다.

1544년 즉위했지만, 병세는 호전되지 않았고 재위 8개월 만에 승하했다.

그의 진맥 기록에는 규맥에 가까운 허한 맥이 짚였다.

"전하의 맥이 대나무와 같아, 안이 비어 있나이다. 기혈이 몸을 채우지 못하면 오래 버티시기 어렵습니다."

인종은 아무 말 없이, 지친 얼굴로 고개만 천천히 끄덕였다.

제3맥 — 청나라 광서제, 기운 빠진 몸, 기울어진 왕조

광서제光緒帝는 젊은 시절부터 병약했고, 서태후의 억압 속에서 스트레스와 기력 소모에 시달렸다.

『청궁의안淸宮醫案』에는, 말년에 그의 맥이 점차 규맥의 양상을 띠었다고 기록돼 있다.

"맥규脈扎, 기혈양허, 허리와 다리에 힘이 없으며, 안색이 백하다."

광서제의 규맥은, 중심이 무너진 청 왕조처럼 그의 쇠약한 몸을 그대로 드러내고 있었다.

규맥, 중심부터 흔들리는 생명

규맥은 속만 남은 몸과 권력에 나타나는 맥이다.

기혈은 흐르되 깊이 닿지 않고, 중심은 비어 있다.

생명의 기운은 껍데기를 맴돌 뿐, 안으로 스며들지 않는다.

헌제의 맥은 왕조의 몰락을, 인종의 맥은 사그라지는 생을, 광서제의 맥은 무너지는 제국을 품고 있었다.

규맥은, 안으로부터 비어 가는 존재가 남기는 맥이었다.

26

촉맥(促脈)

절름발이가 길을 빨리 걷는 것처럼
속도에 일정함이 없는 맥

촉맥促脈은 조급한 맥이다.

속도는 빠르고, 박자는 흐트러져 있다.

기혈이 흩어지고, 맥은 불안하게 튀며 제자리를 잡지 못한다.

가슴은 가라앉지 않고, 심장은 쉴 틈 없이 두드린다.

촉맥은 들뜬 마음과 흩어진 기운이 드러나는 맥, 안정을 잃은 심장의 흔들림이다

제1맥 — 조선 명종, 억눌린 왕좌에 새겨진 어린 군주의 조급한 맥

명종은 어린 나이에 즉위했고, 정치를 주도하지 못한 채, 문정왕후와 외척의 그늘 아래 있었다.

병약한 체질에 더해, 불규칙하게 뛰는 촉맥이 자주 기록되었다.

"전하의 맥이 촉급促急하사, 조급하여 심화心火가 왕성하시니 심신을 보양할 약을 쓰소서."

— 『승정원일기』

명종의 촉맥은 어린 몸이 감당하기엔 벅찼던 왕좌와, 그 안에 담긴 긴장과 허약함이 남긴 맥이었다.

제2맥 ─ 당나라 헌종, 조화를 잃은 심장

당 헌종憲宗은 정치를 바로 세우려는 의지가 강했지만, 과중한 업무와 불면으로 지쳐 있었다.

불로장생을 위해 복용한 단약丹藥은 오히려 기혈을 해쳤고, 체력은 점점 약해졌다.

촉促한 맥이 계속 짚였고, 내의들은 심장의 불안을 우려했다.

"폐하의 맥이 촉하니, 불안이 심화로 번지고 있습니다. 이대로는 기혈이 소모됩니다."

빠르고 불규칙한 맥은 결국 병으로 이어졌고, 헌종은 과로와 긴장 속에서 요절했다.

제3맥 — 청나라 광서제, 고립된 황제의 불안한 맥

1898년, 광서제光緖帝는 변법자강을 시도했지만 실패했고, 이후 서태후의 감시 아래 사실상 유폐된 생활을 했다.

정치적 무력감과 지속된 억압은 그의 심신을 약화시켰다. 『청궁의안』에는 이렇게 기록돼 있다.

"맥촉脈促, 심번心煩, 식욕 감퇴, 신체 쇠약."

광서제의 촉맥은 병리적 증상만이 아니었다.

억눌린 삶과 고립된 심리가 드러난, 불안정한 심장의 리듬이었다.

촉맥, 멈추지 못하는 심장

촉맥은 조화를 잃은 심장에서 나타나는 맥이다.

맥박은 빠르게 뛰고, 박자는 흐트러져 있다.

기혈은 흐르되 모이지 않고, 맥은 제자리를 찾지 못한다.

명종의 맥은 어린 몸이 감당하지 못한 왕좌의 긴장이었고, 헌종의 맥은 피로와 단약으로 흐트러진 기운이었다. 광서제의 맥은 고립과 억압 속에서 불안히 뛰었다.

촉맥은, 멈추지 못하는 심장이 남긴 흔들리는 울림이었다.

27

결맥(結脈)

박동이 완만하면서 때때로
중간에 한 번씩 쉬는 맥

결맥結脈은 끊어지는 맥이다.

맥은 한동안 뛰다 멈추고, 다시 더딘 박자로 이어진다.

기혈의 흐름은 막혀 있고, 심장은 숨을 고르듯 머뭇거린다.

생명은 흐르되 매끄럽지 않고, 리듬은 이어지되 불안하다.

결맥은 끊어질 듯 이어지는 불안함의 맥이다.

제1맥 ― 송나라 휘종, 불안에 멎은 황제의 맥

휘종徽宗은 예술과 풍류에 심취했지만 정사는 등한시했으며, 금나라의 침입 앞에서 극도의 불안과 공포를 겪었다.

『송사』의 기록에 따르면 그의 맥은 종종 결맥으로 드러났다.

"황제의 맥이 결하여 때때로 멎고 다시 이어지니, 심신의 기운이 막혀 있도다."

휘종의 결맥은 무너지는 제국 속에서 불안정하게 뛰고 있었다.

제2맥 — 조선 정조, 무리한 국정이 남긴 결맥

정조正祖는 개혁을 추진하며 쉴 새 없이 정무에 몰두했고, 피로는 점점 깊어졌다.

『일성록』에는 그의 촉박한 일정 속 어의들이 자주 결맥을 짚었다는 기록이 남아 있다.

"전하의 맥이 결하며 불규칙하니, 심포에 열이 울체되었나이다."

정조의 결맥은, 쉴 틈 없이 달려온 몸에 새겨진 피로의 흔적이었다.

제3맥 — 청나라 선통제 푸이, 무너진 제국의 결맥

청 제국의 마지막 황제 푸이는 어릴 때부터 두려움과 불안 속에 자랐다.

1912년 청 왕조의 멸망과 함께 그는 실질적인 권력 없이 살아야 했고, 이런 심리적 충격은 그의 신체에도 드러났다.

『청궁일기』에는 종종 결맥이 짚혔다고 기록되어 있다

"맥결脈結, 심기허약心氣虛弱, 가슴 두근거림과 호흡이 짧았다."

푸이의 결맥은 단순한 병리 현상이 아니었다.

그것은 쇠락하는 제국과 함께 흔들리던, 불안정한 심장의 리듬이었다.

결맥, 끊겼다 다시 뛰는 흐름

결맥은 멎었다 이어지는 맥이다.

박동은 고르지 않고, 기혈은 막힌 틈을 돌듯 불안하게 흐른다.

휘종의 맥은 제국의 몰락 앞에서 흔들렸고, 정조의 맥은 쉴 틈 없는 과로 속에서 자주 멎었다. 푸이의 맥은 두려움과 무력감 속에서 자주 끊겼다.

결맥은, 흔들리는 몸과 마음에서 끊기고 이어지던 맥이었다.

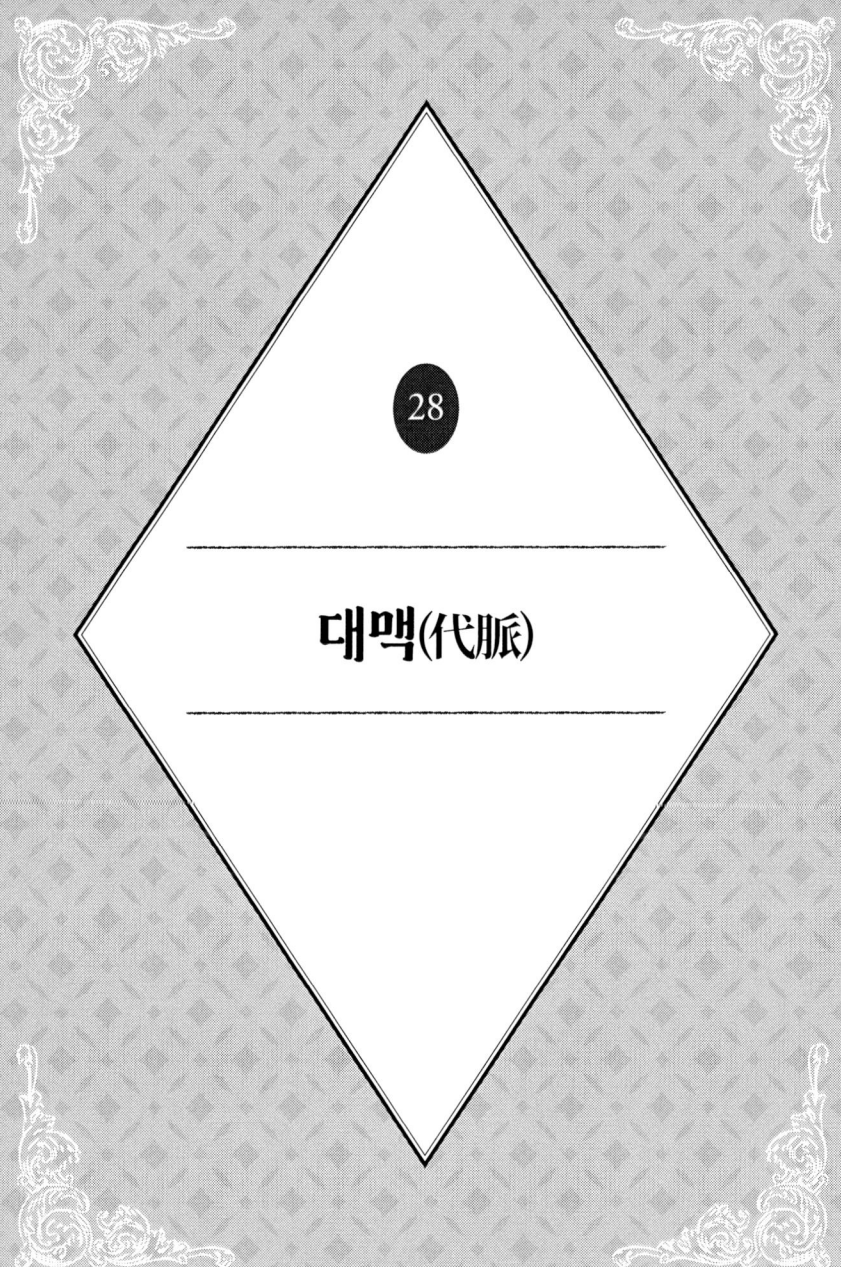

28

대맥(代脈)

맥박이 때때로 중지하면서
아주 오랫동안 원래대로 돌아오지 않다가
갑자기 다시 박동하는 맥

대맥代脈은 끊어지는 맥이다.

박동은 멈추고, 침묵은 길다. 기혈의 흐름이 머뭇거리고, 맥은 간신히 이어진다.

숨이 막히고, 심장은 적막에 잠긴다.

대맥은 한계에 다다른 몸이 보내는 맥, 생과 사의 경계에 선 고요한 신호다.

제1맥 — 명나라 숭정제, 끊어진 제국의 맥

자금성 깊은 침전에서, 숭정제崇禎帝는 밤마다 지도와 장계를 펼쳐 들었다.

청군은 북쪽 국경을 넘었고, 내부에선 이자성이 반기를 들었다.

제국은 안팎으로 무너지고 있었다.

어의의 손끝에 잡힌 것은 간헐적으로 끊기는 대맥이었다.

"폐하, 기혈이 다하여 맥이 이어지지 않습니다."

숭정제는 대답하지 않았다. 그의 맥은, 제국의 운명처럼 멈추고 이어지기를 반복했다.

그리고 매화나무 아래, 그 맥은 끝내 멎었다.

제2맥 ─ 조선 인조, 굴욕의 맥

삼배구고두 이후, 인조仁祖는 밤마다 잠을 설쳤다.

어둠 속에서도 청군의 기척이 들려오는 듯했고, 심장은 불규칙하게 뛰었다.

"전하, 맥이 때때로 멎사옵니다. 심신이 쇠약해진 탓이옵니다."

대맥은 몸에 새겨진 굴욕의 흔적이었다. 인조는 국사를 논하다가도 자주 가슴을 짚었다.

멎는 맥박 속에서, 그는 불안을 떨치지 못했다.

제3맥 ─ 청나라 함풍제, 무너지는 맥

아편전쟁의 상처와 안팎의 혼란 속에서, 함풍제咸豊帝는 술과 약에 기대 하루를 버텼다.

제국은 흔들리고 있었고, 황제의 몸도 서서히 무너지고 있었다.

어의가 짚은 맥은 불길한 침묵을 품고 있었다.

"폐하, 심신이 쇠약하옵니다. 마음을 다스리고 기운을 보충해야 하옵니다."

대맥은 청조의 운명처럼 끊어지고 이어지기를 반복했다.

약도 듣지 않았고, 그의 맥은 제국의 숨결과 함께 점점 사그라졌다.

대맥, 멈춤과 침묵

대맥은 멎었다가 이어지는 맥이다.

박동은 자주 멎었고, 기혈은 겨우 흐름을 유지했다.

숭정제의 맥은 제국의 붕괴 앞에서 끊어졌고, 인조의 맥은 굴욕의 기억 속에서 떨렸다. 함풍제의 맥은 기울어 가는 왕조의 허약한 몸속에서 약해졌다.

심장은 멈추다 다시 움직였고, 맥은 간신히 이어졌다가 사라졌다.

대맥은 한 시대가 다한 몸에서 나타나는 맥, 꺼져 가는 운명이 남긴 마지막 고동이었다.

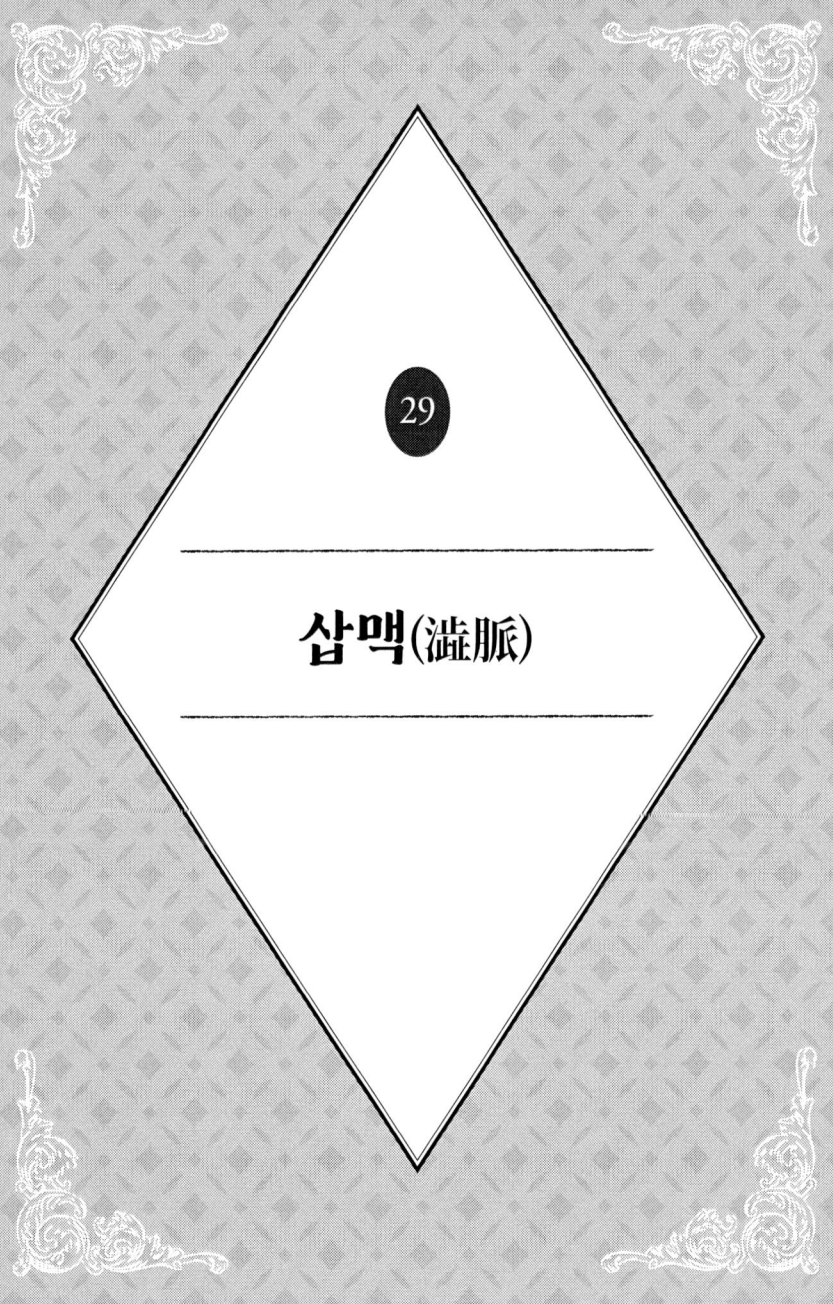

29

삽맥(澁脈)

칼로 대나무를 긁는 듯,
거칠고 매끄럽지 못한 맥

삽맥澁脈은 막히는 맥이다.

맥박은 거칠고, 흐름은 끊긴다.

기혈은 원활히 돌지 못하고, 어딘가에서 멈춘다.

몸은 무겁고, 통증은 깊어진다.

삽맥은 소모된 생명이 남긴 거친 울림, 고통 속에 버티는 몸의 신호다.

제1맥 — 한나라 문제, 절제로 스러진 육신

문제文帝는 절제와 검소로 나라를 다스렸다. 궁궐은 소박했고, 식사는 늘 간소했다.

그의 몸은 서서히 마르고, 맥은 거칠게 끊겼다.

어의가 짚은 맥은 막혀 있었다.

"폐하, 맥이 삽澁하옵니다. 기혈이 마르고, 흐름이 거치옵니다."

문제는 웃으며 답했다.

"내 몸이 힘들더라도 백성이 편하면 족하다."

삽맥은 말없이, 피로에 짓눌린 육신을 드러냈다.

제2맥 ― 조선 세조, 흐르지 않는 피

세조世祖는 중풍과 어혈로 오랫동안 고생했다. 『승정원일기』와 어의의 기록에는, 그가 자주 부종과 냉증에 시달렸고, 삽맥이 반복되었다고 적혀 있다.

어의는 조심스럽게 말했다.

"전하, 맥이 거칠고 끊깁니다. 피가 제자리를 찾지 못하고 흩어지옵니다."

세조는 아무 말 없이 고개를 끄덕였다. 병세는 날이 갈수록 깊어졌고, 삽맥은 그 쇠약한 몸을 따라 점점 더 또렷해졌다.

제3맥 ― 청나라 자희태후, 꺼지지 않는 욕망, 무너져 가는 몸

자희태후慈禧太后는 말년까지 권력을 놓지 않았다. 밤낮으로 정사를 챙기며 몸은 서서히 소모되었다.

황실 어의의 기록에는 이렇게 적혀 있다.

"맥은 삽澁하고, 혈허와 어혈이 겹쳐 보인다. 기는 남았으나 혈은 고갈되었다."

그녀는 시간이 갈수록 수척해져 갔다. 삽맥은 그녀의 쇠약해져 가는 육신을 대변하고 있었다.

삽맥, 거칠게 남은 맥박

삽맥은 막힌 맥이다.

맥은 거칠고, 흐름은 갈라진다. 기혈은 끊기듯 이어지고, 맥박은 힘없이 이어진다.

문제의 맥은 절제 끝에 마른 몸에서 잡혔고, 세조의 맥은 어혈 속에서 느려졌다. 자희태후의 맥은 권력을 움켜쥔 채 스러져 가던 육신에 남은 흔적들이었다.

삽맥은 쇠약해진 몸이 내뱉는 거친 반응이었다. 혈은 흐르지 못했고, 맥은 자주 멎었다.

삽맥은, 점점 식어 가는 생의 말미에 남겨진 꺼끌한 박동이었다.

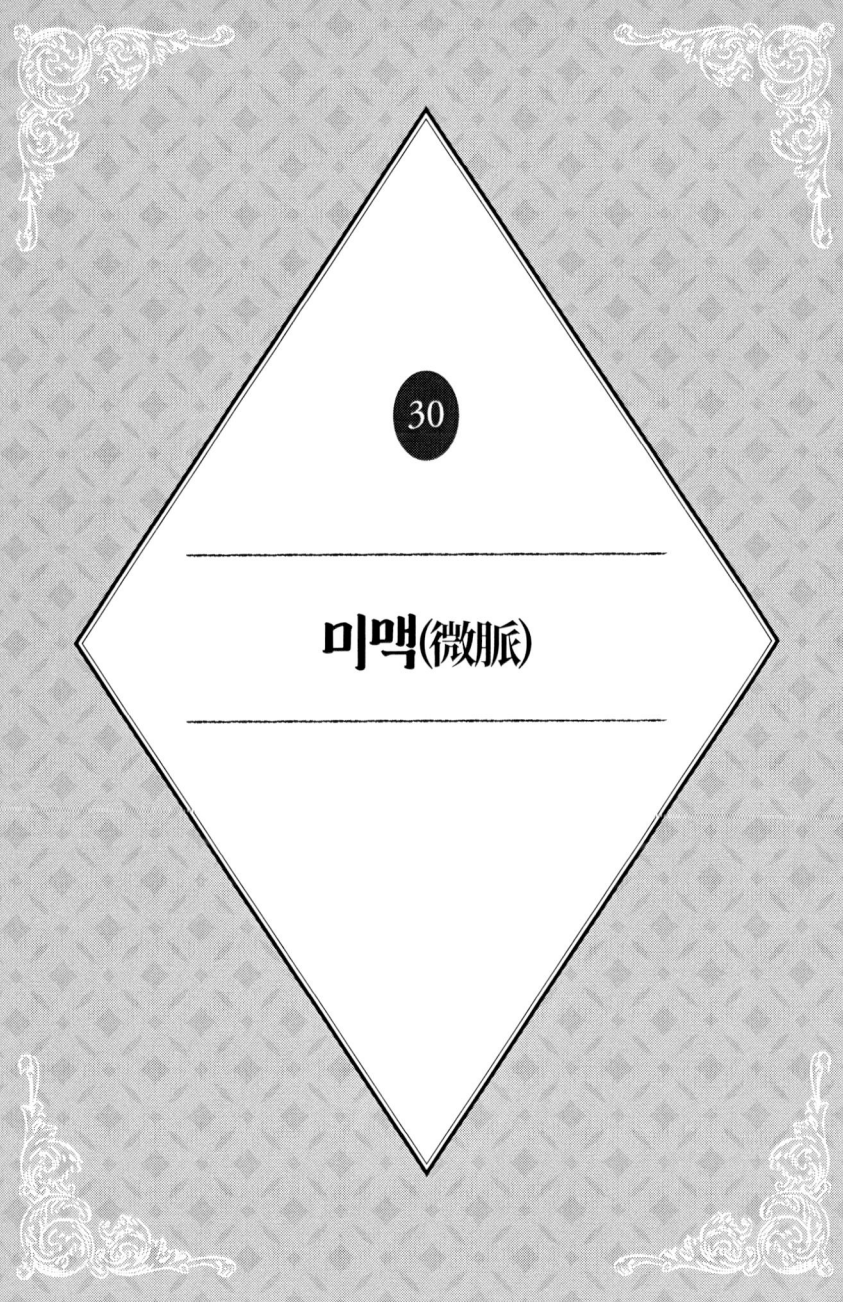

30

미맥(微脈)

있는 듯 없는 듯 최고로 가늘고 연한 맥

미맥微脈은 사그라지는 맥이다.

맥은 가늘고, 박동은 희미하다. 기혈은 고갈되고, 흐름은 간신히 이어진다.

숨은 얕고, 몸은 힘없이 꺼져 간다.

미맥은 허약해진 생명이 남긴 마지막 신호, 꺼져 가는 불빛 아래의 미약한 맥박이다.

제1맥 ─ 고려 충혜왕, 고려와 함께 꺼져 가는 기운

충혜왕忠惠王은 방탕과 무력감에 살았다. 정사는 무너졌고, 몸은 점점 쇠해졌다.

어의가 짚은 맥은 희미하고 가늘었다.

"전하, 맥이 꺼져 가는 등불 같사옵니다. 기혈이 모두 허해, 몸이 한계에 다다랐습니다."

충혜왕은 잠시 침묵하더니 조용히 말했다.

"기운 것은, 맥뿐이 아니구나."

미맥은 쇠한 몸에 남은 희미한 맥이었다. 왕의 맥은 약해져 갔고, 고려의 기운도 함께 꺼져 갔다.

제2맥 ― 조선 문종, 병약한 몸으로 붙든 정사

문종文宗은 잦은 기침과 피로 속에서도 정사를 놓지 않았다. 하루에도 몇 번씩 약을 들이켰고, 앉은 채로 잠드는 날이 많았다.

몸은 점점 쇠했고, 맥은 가늘어졌다. 어느 날, 어의가 조심스레 맥을 짚었다.

"전하, 맥이 약하옵니다. 기혈이 모두 허하여 몸이 버티기 어렵사옵니다."

문종은 잠시 숨을 골랐다가 낮게 말했다.

"나라를 걱정할 힘도, 몸을 걱정할 힘도 남질 않는구나."

미맥은 그의 몸을 따라 점점 더 희미해졌다. 맥은 살았지만, 힘은 사라지고 있었다.

제3맥 ― 청나라 선통제 푸이, 미약한 황제, 사라지는 제국

푸이는 어려서부터 허약했다. 『청궁일기』에는 이렇게 적혀 있다.

"황상 소변 3차, 대변 1차, 설태박백, 맥미약, 기허."

기운은 늘 부족했고, 맥은 희미했다. 어른이 된 뒤에도 그 맥은 변함없었다.

푸이는 끝내 강한 군주의 모습을 보이지 못한 채, 제국의 마지막과 함께 사라졌다.

미맥, 삶과 제국의 끝자락

미맥은 사그라지는 맥이다.

맥은 가늘고, 박동은 약하다. 기혈은 고갈되고, 겨우 겨우 흐른다.

충혜왕의 맥은 무너지는 고려와 함께 약해졌고, 문종의 맥은 병약한 몸에 남은 힘처럼 희미했다. 푸이의 맥은 군주의 무게를 버티지 못한 채, 제국의 말과 함께 꺼져 갔다.

미맥은 바람 앞의 불빛처럼, 꺼질 순간을 예고하듯 미세하게 흔들렸다.

31

유맥(濡脈)

수면 위에 아주 가벼운 물질이 떠있는 것 같은 맥

유맥濡脈은 젖은 맥이다.

맥은 가볍게 짚히고, 힘은 없다. 흐름은 약하고, 기운은 퍼져 있다.

몸은 늘어진 듯 무겁고, 맥은 손끝에서 흩어진다.

기혈은 허약하고, 생기는 바닥을 드러낸다.

유맥은 오래 지친 몸이 흘리는 미약한 신호, 무너지는 기운의 잔물결이다.

제1맥 ─ 조선 문종, 쇠한 육신의 박동

문종은 어릴 적부터 병약했다. 마음은 정사를 향했지만, 몸은 늘 뒤처졌다.

하루에도 몇 번씩 약을 들이켰고, 오래 앉아 있는 것조차 힘겨워했다.

어느 날 진맥을 마친 어의가 조심스레 말했다.

"전하, 맥이 젖은 풀잎처럼 흐느적입니다. 기혈이 허하고, 몸이 오래 버티기 어렵사옵니다."

문종은 조용히 숨을 고르고 말했다.

"요즘은, 하루를 버티는 일조차 쉽지 않구나."

유맥은 점점 무너지는 몸속에서, 힘겹게 이어진 맥이었다.

조용한 박동만이 남아, 그의 쇠약함을 말없이 드러냈다.

제2맥 — 청나라 선통제 푸이, 유약한 육신, 무너지는 황위

푸이는 두 살에 황제가 되었다. 어린 몸은 권력의 껍데기를 떠안기엔 너무 연약했다.

『청궁일기』에는 "맥이 부드럽고 힘이 없으며, 기가 허하다"는 기록이 남아 있다.

성인이 되어서도 몸은 계속 찼고, 쉽게 피로했다.

유맥은 푸이의 육신에 남은 희미한 맥이었고, 꺼져 가는 제국의 숨결이었다.

제3맥 — 고려 충혜왕, 맥없이 앉은 왕좌

충혜왕은 병약했다. 기운은 늘 모자랐고, 맥은 눅눅하게 흘렀다.

어의는 맥을 짚고 조용히 말했다.

"전하, 유맥이옵니다. 맥이 퍼져 있고, 기운이 빠져나가고 있사옵니다."

왕은 시선을 피한 채 입을 다물었다.

왕의 맥은 힘없이 맴돌았고, 왕권도 그 흐름을 따라 무너져 내렸다.

유맥, 퍼지고 흐느적거리는 흐름

유맥은 퍼지는 맥이다.

맥은 힘없이 짚히고, 흐름은 눅눅하게 늘어진다. 기혈은 부족하고, 생기는 번져 사라진다.

문종의 맥은 쇠한 육신 위에서 미약하게 이어졌고, 푸이의 맥은 제국의 허약한 틀 속에 흩어졌다.

충혜왕의 맥은 권위의 몰락과 함께 퍼졌고, 힘을 모으지 못한 채 흐느적거렸다.

유맥은 힘없이 흩어졌다.

기운은 모이지 않았고, 맥은 멀리 뻗지 못한 채 흐느적였다.

32

산맥(散脈)

어떤 때는 박동하는 것 같기도 하지만, 어떤 때는 또 박동하지 않는 것 같은 맥

산맥散脈은 흩어지는 맥이다.

맥은 모이지 않고, 흐름은 흩어진다. 기는 흩날리고, 혈은 응집되지 못한다.

손끝에 잡힌 맥은 모래알처럼 흩어지고, 생명의 중심은 서서히 사라진다.

몸은 지탱하지 못하고, 맥은 끝없이 풀어진다.

산맥은 허물어진 육신에 흐르는 흐트러진 박동이었다.

제1맥 ─ 한나라 영제, 흩어지는 권력

한나라 말기, 영제靈帝는 환관에게 국정을 맡기고, 향락으로 날을 보냈다.

조정은 혼란했고, 백성은 고통을 호소했다.

그의 몸 역시 피폐해져 갔고, 어느 날 어의는 진맥을 멈추고 조심스레 입을 열었다.

"폐하, 맥이 사방으로 흩어지고 있사옵니다. 기와 혈이 모이지 않고, 힘도 없사옵니다."

영제는 말없이 시선을 거두었다.

제2맥 ― 조선 단종, 어린 왕의 슬픈 맥

단종端宗은 열두 살에 어머니를 잃고, 열다섯에 숙부 세조에게 왕위를 빼앗겼다.

어린 왕은 스스로를 지킬 힘도 없이 정치의 소용돌이에 휩쓸렸고, 끝내 유배지 영월로 내쳐졌다.

몸은 하루가 다르게 쇠약해졌고, 마음은 점점 말라 갔다.

어의가 맥을 짚자, 손끝에는 곧 흩어질 듯한 산맥이 느껴졌다.

"전하, 맥이 퍼지고 있습니다. 기운이 바닥을 드러내옵니다."

단종은 시선을 떨군 채 낮게 말했다.

"내 맘이 먼저 떠난 지 오래다."

산맥은, 어린 왕의 짧은 생이 남긴 마지막 흔적이었다.

제3맥 ― 청나라 함풍제, 아편으로 쇠락하는 황제

함풍제咸豐帝는 30대 초반부터 기침과 무력감, 열감에 시달렸다.

『청궁의안』에는 "맥이 빠르고 흩어지며, 간열이 치솟고 폐가 허하다."라고 적혀 있다.

말년에는 아편에 의지하며 병세가 악화됐고, 몇 달 동안 식사도 거의 못 한 채 의식을 잃곤 했다.

열을 내리고 폐기를 보하는 처방이 이어졌지만, 약효는 미미했다.

산맥, 흩어지는 생의 박동

산맥은 흩어지는 맥이다.

맥은 모이지 않고, 흐름은 사방으로 퍼진다.

기와 혈은 흩어지고, 중심은 서서히 무너진다.

영제의 맥은 향락에 지친 몸 위에서 흩어졌고, 단종의 맥은 유배지에서 사라질 생의 끝을 알렸다.

함풍제의 맥은 아편과 병세에 잠식된 몸에서 점점 퍼졌다.

산맥은 허약한 육신에 스며든 흩어진 박동이었다.